往復書簡

『遠くからの声』『言葉の兆し』

furui yoshikichi *saeki kazumi*

古井由吉｜佐伯一麦

講談社  文芸文庫

JN054068

目次

II

遠くからの声

I

時間の内実

古井由吉様　　　　　　　　　　佐伯一麦

一九九七・一一・一　オスロ

向こう一年間滞在する予定で、オスロの街におります。早、二ヶ月が過ぎました。

旅立つ際には、長夜の酒にて送り出していただきありがとうございました。島田雅彦ともひさしぶりの酒でした。以前、吉行淳之介との対談で、第三の新人に比べて、内向の世代は作家同士互いの行き来が少なくなった、とおっしゃっていたと記憶していますが、その古井さんたちよりも、我々は滅多に会うことがなくなったものだ、と痛感しました。それだけに、私たちは、生身の他者の批評にさらされることが少なく、自己批評を作家といえども必要とされていると言えそうです。もっとも、自己批評だけを肥大させている、というような事態は避けたいものですが。

現在私が住んでいる八階建てのアパートメントは、オスロ市街から、路面電車（トリッケン）で十五分ほど離れたウレヴォール（Ullevål）という閑静な地域の一画にあります。入り口の門を入った敷地の中には、病院から、銀行、郵便局、スーパーマーケットまであって、日常の用事はほとんどこの区域内で済ませることが出来るので簡便です。

とは言っても、はじめてアパートメントを見たとき、その外観には少々驚かされました。外壁のコンクリートがところどころ剝落しており、割れた窓ガラスの破片がそこかしこに散乱しているといった状態だったからです。

共同の洗濯場で顔見知りになった、五階に住んでいるノルウェーの地方出身の女子学生に言わせると、「あなたは二階だからまだラッキーなほう」なのだそうです。なるほど、壁の剝落と窓の破損は、上に行くに従ってひどくなっています。それでも皆、小綺麗なカーテンを吊るしたりして、日常生活を営むための努力をしているのが窺えます。

今年のオスロは、実に五十年ぶりという猛暑で、例年ならすっかり秋めいている八月末に訪れたときは、まだ夏の気配が濃厚でした。さすがにそれも、九月の半ばに急に冷たい風が吹くようになったかと思うと、すぐに冬を迎えました。アパートの前にある大きなマロニエの木は、来た早々は緑色の濃い葉を茂らせていたものでしたが、実を付け黄葉しだしたのもつかの間、すっかり裸木となってしまいました。

実がなっていた頃には、黒い地に白と青みがかった緑が色鮮やかなシャーレ（鵲）がやってきていました。カカカカカ、というけたたましいシャーレの啼き声に、朝の夢が破られることもしばしばで、ふと、自分はなぜここにいるのだろう、という思いにとらわれたときに、「僕はまずここで見ることから学んでゆくつもりだ」というリルケの『マルテの手記』の言葉が、一日のはじめに初心のように浮かび上がったことでした。

それから、カフェで一仕事終えた帰りの道で、隣地の塀際にある林檎の木が、赤い実を落としているのに気付きました。塀の下からちょっと手を差し入れて拾い、皮を拭ってから、がぶりと嚙ると、当節の日本では珍しくなった、酸味の強い果実の味が口中に広がり、思わぬ拾い物をした気分になりました。

先日、当地では、例年よりもひと月遅く、サマータイムから冬時間に切り替わりました。私はそれを、テレビはなく新聞も取っていないせいもあり、市庁舎の大時計を見て時計が一時間遅らされているのに気付いて知ったような次第です。正直のところ、これは迷妄ではないか、と思わされました。当地で連れが通っている美術大学でも、次週から時間が替わることを誰も話題にしていなかったといいます。

地元の人々は慣れており、また高緯度に位置しているためにその必要性はあるのでしょうが、彼我の時間に対する感覚のちがいを直截的に感じさせられたような気がいたしました。単に時計を遅らせればよい、というだけでは済まされない、何やら知らぬ間に停滞していた一時間というものに、私などは拘泥（こだわ）ってしまいます。そして、その時間の内実を、日本語でなら案外捉えられるのではないか、などと考えているところです。

見ることから学んでゆく

佐伯一麦様

古井由吉

一九九七・一一・八　東京

　オスロ郊外のウレヴォール Ullevål とは、「ウルの谷」という意味でしょうか。もしそうだとすれば、ウルとは北方ゲルマンの、冬の神になります。スキーに乗って狩りに巧みで、その弓はイチイの樹からつくられるので、この神の居所を「イチイの谷」とも呼ぶそうです。冬の神はまた、死の神ともなります。これはしかし、死してのち蘇るのこころなのでしょう。

　十一月ともなれば、そちらはすでに銀一色の世界ではないでしょうか。こちらはケヤキやサクラがまず紅葉に入りました。その十一月の一日の朝から翌日にかけて、小生、二十四時間あまり、ほとんど眠って通すということをしました。

風邪気味でもありましたが、その前の晩に人形町で菊地信義さん、平出隆さん、西谷修さんたちと呑んだ後、平出さんと新宿の酒場へ回り、そこに書肆山田主人なども居合わせて、とうとう夜明かしをしてしまった、その報いになります。十月の末日が、もしも会社勤めの身であれば小生にとって停年、勤務終了の日にあたり、その日付があんがい心にこたえていたものと見えます。

それにしても、この年齢でそれだけの時間昏睡しますと、あの世の手前まで迷い出てきたような後味がちょっと残るものです。

あるいは雪景色ではなくて、地図を見れば海峡の奥まったところにあたるので、ただ暗天の下、霧や霙に閉ざされて、ひたむき冷えこんでいく世界なのでしょうか。外壁はところどころで剝げ落ち、窓ガラスはあちこちで破れるという、なかなか凄味のある集合住宅でお暮らしとのこと、「二階でよかった」と小生も思いました。これが五階六階の高さだと、昼日中から暗い部屋の中で、風が吹き渡るたびに、灰色の窓を見つめる大兄の姿に、小生も想像するだけで追い詰められそうです。

やはり、リルケの「マルテの手記」を思いましたか。パリならぬオスロで。流亡の身ではなくして。打ち明けますと小生にもときおり、いつか自分の「マルテの手記」を書くことになりはしないか、という思いが去来します。還暦を超えるこの年齢で。国に、東京の郊外に居ながらに。思いというよりは、ほとんど、おそれです。言葉を失うことへの恐怖です。

「僕はまずここで見ることから学んでゆくつもりだ」とマルテのつぶやくのを聞く時、「ここで」という言葉に、孤立の心が一度に集まりませんか。「どこで」と小生などはキョトンとして聞き返すほうです。大兄にとっては現在、「ここ」は明確にあたえられているところだと思います。見ることから学ぶとは、諸物を端的に見ることによって実存に就こうという意欲になりますが、それは同時に、見ることにより言葉を回復しなくてはならぬという要請、あるいは必要を表しています。

ということは、ひとたび言葉を失いかけたということが前提になるはずです。これは若きマルテというよりは、三十代のなかばに至った表現者リルケの心境と取るべきでしょう。

「ウルの谷」の、廃屋めいた建物の二階の部屋の暗い日に、膝を抱えこむこともあるでしょうが、あなたの言葉をどんな気持ちで抱えていることでしょうか。ともに暮らす人との日々の会話により、話す言葉は助かります。

しかし書くところの言葉は、異国の滞在の日が重なるにつれ、いわば言語上の兵糧をだんだんに絶たれて、そもそも書けるということが不可解に思われるほどに、追いこまれていくのではないでしょうか。人称的表現と非人称的表現との折り合いは、などと首をかしげたきり、短い日の暮れてしまうこともあるでしょう。その時だと思います。「見ることから学んでゆく」ことが求められるのは。

新しい事どもに目を開きつつあることと思われますので、隠遁者とは申しません。しかし日本語で物を書く身としては、言語の上でいささか孤絶のかたちにはなるでしょう。隠者のもとにはカラスがときおり少々の食べ物を運んでくるそうです。この手紙がそのカラスになれば、さいわいです。

シャーレの巣作り

古井由吉様

佐伯一麦

一九九七・一一・二〇　オスロ

なるほどそれで、当地に来て馴染みのある樹だと最初に目を留めたのが、イチイとその朱く小さな実だったのかもしれない、と返信を拝読し、腑に落ちるものがありました。と同時に、オスロが「神の杜」を指す意味だとはおぼろげに知ってはおりましたが、自分の住む足下がどんな由縁の場所かなどと時間を遡って思い馳せることもしなかった我が身をいささか恥じ入りました。

恥じ入り過ぎて、というわけではありませんが、返信を頂いた日から三日間寝て暮らす羽目になりました。今年は、インフルエンザの当たり年ということで、市街を歩くたびに、方々で咳き込む音を耳にしておりました。喘息持ちの当方の空咳など、その前ではよほど控え目なほうだ、などと感じていたところ、呆気なく感染してしまいました。

熱はそれほどでもなかったのですが、これまでで最も辛い部類に入る腹下しに悩まされました。これ以上ひどくなったら駆け込もう、と何度か窓の下の病院の方を眺めやったことでしたが、幸い、まだ体に余力があったものらしく、なんとか自己恢復しました。

寝ながら仰ぎ見ることが出来る空へと目を向けていると、ここは着陸間際の飛行機の進路にあたっているらしく、数分刻みで機体がはっきり見える大きさで飛行機が現れます。スカンジナビア航空、サベナ・ベルギー航空、フィンエアー、ノルウェーの国内線のブローテン航空、ブリティッシュ航空、ルフトハンザ……。日本からの直行便はないので、日本の航空会社のものは、ついぞ目にしませんが。

初めのうちは、その飛行機が窓の外を横切ることで、寝床での時間の流れを捉えることが出来ていました。それが、その三日間に、すっかり日が短くなって太陽を見ることが無くなり、暗天の下しんしんと冷えていく風景と変わりました。二重の窓を通して飛行機のエンジン音だけが鈍い振動となって聞こえて来るようになると、そのおのおのの飛行機がそれぞれの時差を引きずった時間を持ち抱えて飛んでいる、というイメージに捉えられ、その中のそれぞれの人の時間にまで思いが向かうと、後は何も考えられなくなりました。

出立の前、新宿の酒場で、作家の計算の評価というようなことに話が及んだときに、「でも日本語には計算が向いていないんだよな」という古井さんの一言に、島田雅彦、寺田博氏など一同納得させられたことを思い出します。『マルテの手記』の「ここで見ること」の「ここ」とは、場所という空間的な起点であると同時に、作者の年齢、そして書かれるそのときどきの時間的な起点のことも指すのだろう、と私は理解しています。その場合、時間の把握は、そのときどきに捉え直されなければならなくなるはずです。ましてや、計算されたような健やかな時間が流れにくい日本語での表現ならば、なおのことそれが要請されるのでしょう。

サマータイムがいつの間にか冬時間に変わっていることを知ったときに、私は、自分に対して死んでいる世間を感じ取ったのではないかと思われます。その感触がある以上、それをどこまで持ちこたえて、表現の欲求へと繋げることが出来るか。そのためには、まず現在の己の時間を何とかして調達することから始めなければならないようです。

恢復した身体で、ひさしぶりに窓辺に立つと、いつのまにか裸木の天辺近くに、シャーレが宿り木のような大きな巣を作っているのに気付きました。枯れ枝をつかったかなり大まかな巣作りです。ふと、自分が、「枯れ枝をへし折って強引に束ねた」ような作品だという古井さんの評を受けてこの世界に入り込んだ十五年前を思い出しました。せいぜい、またサマータイムを迎える復活祭までの冬の間、自分の巣のための枯れ枝でも拾う心地で過ごそうと思っております。今回、当節では稀となった生身の他者の批評の言葉に恵まれたことを糧としつつ。

東京は木枯らしの吹き荒ぶ季節でしょうか。どうぞお身体に気を付けてお過ごし下さい。

表現の基礎工事

佐伯一麦様

古井由吉

一九九七・一一・三〇　東京

北欧はオスロ（神々の杜）の郊外、ウレヴォール（冬と死との神の谷）の宿で、風邪を引いて三日寝込んだとは、あるいは現代の神話の冒頭となって、大兄の構想の中に立ちあがることになるかもしれません。冗談ではなくて、近年のうちに悪性の感冒が世界中に猛威を振うことを予言する声もあるのです。新しい黙示録の始まりとなりかねません。

病床から仰ぐ窓の空を離着間際の諸国の旅客機の横切るのがくっきりと見えたとのこと、それが病中のわずか三日の内にも冬の日はいよいよ短くなり、やがて暗天の下、爆音ばかりが二重窓を通して伝わるようになったとのこと、想像するだけでもしんしんとした心になります。それらの飛行機もそれぞれの時差を運んで往来しているわけです。

新宿の酒場で、「でも日本語には計算が向いてないんだよな」と小生が口走ったとか。計算という言葉を、島田雅彦さんは綿密な構想および構築、そこから意表に出る軽妙さ、という方向で持ち出したはずなのです。となると、小生の発言はあまりにも締まりのない、投げやりなものになります。たしかに、日本の文学の言葉は流れを流れのままに表すことにすぐれ、意味空間を建てる厳格さは必ずしも期さない、というところはあります。因と果もとかく、両端が張りつめないうちに、情感の得心に融かしてしまう。これはこれでもう、魅惑的なのです。

だからと言って、構築への荒仕事を怠ってよいというものではない。とくにわれわれには、この前のお手紙で大兄が言われたように、われわれの手に従って健やかに流れてくれるような言葉を、恵まれてはいないのですから。

得心の優しさが微笑んでくれるのも、まれなことです。

「マルテの手記」をもう一度思い出してください。大都市に漂着したマルテの周辺では、あちこちで家屋の取り壊しが見られるようです。今でいうスクラップ・エンド・ビルドですか。家も人も、らしい。その「普請中」の街によってマルテは現実の剝離と、不気味なものの露呈の中へ追いこまれ、そこで表現による救いを求める。今世紀初頭のパリでのことです。

ところが世紀も押しつまり、日本でも土建の時代はもはや過ぎたと言われる頃になり、われわれはまたしても、表現のための基礎工事へと追いこまれているようではありませんか。見映えしない、泥沼を築き固めるみたいな作業です。多少の手ごたえは重なるものの、果てしもない徒労のようで心細くもなる。で、何をしているかと言えば、表現の「いま」と「ここ」を起点として確保しようとしている。しかし「いま」も「ここ」も、われわれにとっては、流動化しがちです。また、流動を押さえこんでは、われわれの現在は死ぬ。

いや、待てよ、われわれの現在はすでにさしあたり死んだ、deadなものをさまざま抱えこんでいるのではないか。そこから「活」の世界を見ることを、学ぶことはできはしないか。

大兄は窓の外の暗天を飛ぶ旅客機の音を聞くにつけ、それぞれの便が抱えこむ時差を思う。夏時間が冬時間へ切り換わったにつけても、死角へ置き残された時間を思う。自分にたいして死んだ世間を感じ取ったのではないか、と書かれてますが、それは自分が世間にたいして死角に入ったと感じるのに、ひとしいのではないか。

小生は雑草の間へ分け入る鉄道の引き込み線を連想します。あれをドイツ語では、死んだ線と呼びます。しかし不可欠のものです。

大兄が若い頃に経済成長期の土建の末端で働いたことに、小生は関心を抱きます。アスベストの埃を長年吸いこんで一時苦しんだそうですが、時代のさまざまな死角も、あなたの胸の奥に引き込まれているはずです。

拒絶反応

古井由吉様　　　　　　佐伯一麦

一九九八・三・二六　オスロ

　エルニーニョの影響か、暖冬気味で、雪の好きなオスロの人々がいくぶんつまらなそうにしていた冬も、そろそろ終わりに近づき、暦の上では春分の日を迎えました。夜明けには、シャーレ（鵲）の相変わらずけたたましい啼き声に、四十雀の仲間らしいムスヴィット（musvit）のティフィ、ティフィという柔らかな響きが加わって聞こえるようになりました。四十雀よりは少し大きく、腹が黄色の小鳥です。

　罅割れをテープで補修したアパートの二重窓から射し入る光もぐっと明るさを増し、昼間は暖房もいらないほどで、一陽来復という言葉が、当地でも実感されます。

街中のカフェでは、外のテラスにも席が設けられるようになり、そこで終日ビールを飲んでいる人の姿を多く見かけるようになりました。街の花屋の前を通ると、イースターリリーの鮮やかな黄色が目に飛び込んできます。もっとも雪は残っており、ちょっと郊外電車で二十分程、ジャンプ台のあるホルメンコーレンあたりにまで足を伸ばせば、スキーのクロスカントリーに興じる人々の姿もまだまだ多く見ることが出来ます。

そんな、冬と淡い春の気配とが同居している、復活祭（イースター）を前にした時季のオスロから、再び御手紙することにいたします。

二月半ばに十日ばかり一時帰国した折には、お会いできて嬉しく思いました。あれから仙台へと戻り、滞在の最終日にようやく確定申告を間に合わせて人心地がつきました。こなさなければならない仕事の用も確かにいくつかありましたが、本人にとっては、これが一時帰国の一番の理由のように思えていましたので。

零細ではありますが、事業主として、何とかこの一年乗り切った、という安堵なのでしょうか。振り返ってみれば、これは、私にとって、二十一の年から続いている年度末の恒例行事となります。その歳月の重みは、まだ四十の坂さえ越えていない我が身にも、確かに存在しているように感じられます。

先日の対談でも語り合ったことですが、そういう今の自分にとっては、太宰治の三十九歳での死は決して若死とは思えません。あれだけ戦前にキャリアを積み既に一家をなしていた作家です。そんな作家であっても、戦後の混乱期という事情はあったにせよ、四十の坂を越えることが案外にしんどいことを身を以て呈したように思えてならないのです。

今回の一年間のオスロ滞在が、四十の坂を前にした自分にとって、ここ数年いささか目の詰まりすぎた歳月の織り目を、少しばかりほぐしてくれることになりはしまいか、と考えています。もとより、望んで叶えられるような事柄とは違います。が、それでも、人は異国では、若く幼く見られるものなのかもしれない、というような体験にこの半年の間にいくつか遭遇しました。

例えば路面電車（トリッケン）に乗って街まで行く途中、車内で声をかけられた日本人の若い女性に、「こっちの冬は大変よ、一日中暗くて、寒くて」と諭され、またこちらが咳き込んでいるのを見てとると、インフルエンザに気を付けないと、とまるでかなり年上の女性のような口調で心配されたことがありました。どう見ても彼女は三十代の初めぐらいとしか見えなかったのですが。

けれども、そうしたことの度に、その印象を素直に我が身に引き受けることにしました。そんなふうにして、外側から己の歳月を揺さぶってもらうことも、葛西善蔵の言葉ではありませんが、歳月を、伸び切ったゴム紐のような感興を伴わない単なる時間の経過に陥らせないための工夫ではあるのでしょうから。

さて、話を一時帰国に戻しますが、その機会に、仙台近郊の寺社と里山をいくつか訪ねました。この一年間あるグラフ誌に、私の故郷の川である広瀬川とその本流の名取川とを源流から河口までの川筋をめぐり、そこから想起された事柄を綴った文章を書き続けて来ました。後数回を残すのみなのですが、それは紀行文とも小説ともエッセイともつかないものです。

連載をはじめるにあたって、ちょうど同じぐらいの年齢で太宰が『津軽』を、そして古井さんが『山躁賦』を書いたことも念頭にありました。古井さんが山なら、私は川を、という不遜な心積もりも、実は少しほど。

もっとも、古井さんが既に洞察しておられたように、山とは、尾根と谷、そして川のことであり、麓から峯への道は川を遡ることなのですから、山を語ることは川を語ることでもある。それと同様に、こちらは峯から麓へと逆に道を辿ったのですが、川を語ることは山を語ることになる、とすぐに気付かされたことでした。

昨夏の旅立ちの慌ただしさの中で、どうしても旅程が組めずに残ってしまった川の中流部から下流部にかけての土地を今回巡り、その途中で、私の父祖の地にも寄りました。

小高い山の中腹の陽当たりのよい斜面に建つ禅寺に、私の先祖の墓所はあります。周りは雑木や竹林が生い茂り、そこだけがぽっかりと日だまりのように開けている、という記憶があったのですが、さすがに周辺はすっかり宅地化が進み、化粧直しした寺にも、新しく分譲されたとおぼしい墓地にまだ真新しい墓石が林立していました。それを見て、なるほど墓地というところは常に普請中なのだな、という感想を抱かされたものです。

段差が作られ、しっかりと縁石がめぐらされて土が固められている新規の墓地を少しばかり巡っただけで、ずっと奥に上ったところにある先祖の墓に参るのは勘弁させてもらったのですから、私はご先祖様には、はなはだ不孝者です。周りには、同姓の墓が多数あり、自分一人ではなかなか見分けが付かない、という懸念もあったのですが。

それはさておき、墓所の堅い土の感触に、いささかの非現実感を覚えさせられました。昨秋に、オスロの地で、そもそもその人のことを調べようという理由から今回の滞在のきっかけともなったノルウェー人の美術家の墓に一年半ぶりに詣でたときに、その墓石をおぼろげな記憶を頼りにして歩き回っていると、ときどき不意に足元が土の中に沈んでしまうのを体験しました。その感触がまだ生々しく体内に残っていたためだと思われます。

ノルウェーでは、今は火葬、土葬、どちらをも選ぶことが出来るそうですが、やはり棺を少し覗かせてそこに献花と共に埋められたばかりの土葬による墓所をよく見かけます。

住んでいるアパートの近くに教会があり、その墓地はバス停までの近道なので良く通り抜けるのです。そして、雪が積もり、土が凍っていると思われる真冬のオスロでも、新しく墓所を普請中らしいショベルカーの硬い音が響いていました。

ともあれ、短い滞日中に済ませなければならなかった予定をほぼこなし、私はオスロへ戻るべく機中の人となりました。

私は長いフライトもそう苦にはならない質です。ただ運ばれている身となっている間は、他人任せの心地でいられるので、ささやかな安逸さえ覚えます。隣り合わせたノルウェー人は物静かで、柔らかな物腰の五十歳ほどの男の人でした。機内には、長野オリンピック帰りと見える北欧人の団体が目に付きましたが、隣の彼は、学会で日本を初めて訪れた帰りだということでした。

北海油田の基地として知られるノルウェー西海岸のスタヴァンゲルまで帰るために、彼はコペンハーゲンから私同様オスロ行きに乗り換え、オスロでさらに国内線に乗り継ぐといいます。それはさぞ疲れるだろう、大変だと言うと、「今日中に家族に会えるから」と笑顔が返ってきました。この闊達さは、と考えた私の結論は、先進国でありなおかつ産油国でもあるという余裕だろうか、というところに落ち着きました。それと共に、珍しく機中の時間を苦と感じた往きのフライトでのことが思い出されました。

乗換地のコペンハーゲンで、搭乗の締切間際になって、駆け込んできた日本人の男性が、窓際にいた私の座席の隣に坐りました。長旅の道連れになるので、どうぞよろしくと挨拶したところ、見事にすかされて、悪い予感が兆しました。

目を見開いて口をへの字に固く結んだままでいる姿に、飛行機が苦手なのだろうかとも思いましたが、機内のドリンクサービスでは、物慣れた様子で、ブラッディマリーなどを頼んでいます。日本人ではないのでは、と疑いも持ちましたが、日本の新聞を取ったので間違いないようでした。

やがて機内食となりました。エコノミークラスの狭いスペースでは、食べながらどうしても肘や肩などが触れ合ってしまいます。そのたびに、隣人は、うるさそうに腕を払いのける仕草を、微かにですがするのです。男を挟んだ向こうの座席で北欧人たちが、珍しそうにそばを啜りながら、なにやら楽しそうに闊達に話し合っている食事の光景が羨ましく感じられました。

十一時間ほどの飛行中、ただ一度だけ私がトイレに立ったときも、「すみませんが」と声をかけたにもかかわらず、そして隣人は目覚めていたにもかかわらず、頑と膝掛けを掛けた足を少しもよけてくれようとはしませんでした。股の上を勝手に跨いで行け、といわんばかりの態度なのです。難渋する思いで、跨いで越えながら、私は窓際の席を取ったことを後悔したことでした。

それにしても、あの仏頂面は……。帰りの機内で反芻していた私に、ふと思い当たるものがありました。それは、私の祖母が危篤に陥った報を夕食の途中で電報で受けて、慌ただしく駆けつける支度をしていた父親の姿です。私は小学校の低学年でしたが、いまだに記憶に鮮明に残っています。

そして、あの拒絶反応に凝り固まったような隣人をこう解したのです。そうだ、あれは、身内の者の一大事に向かう人の姿だ、いや現在の日本の火急へと向かう、余裕を失った人の姿にちがいない、と。

夜明けの窓に立つ

佐伯一麦様

古井由吉

一九九八・四・三　東京

目の詰まりすぎた、そして、伸び切ったゴム紐のような。たがいに矛盾するようでも、このふたつがわれわれのとかく抱く、自身の歳月への不全感をなすものなのでしょう。

目の詰まりすぎは、もっぱら個人の因果として、あるいは貧乏閑なしとぐらいに自嘲して受け止めるにしても、世間全体に取り憑いた、「成長」の強迫の習性と、われわれも無縁ではないと思われます。その夢中の「普請」の真っ最中に、ゴム紐の伸びきったような、倦怠が生じる。それがまた反動として生活欲を掻き立て、人を駆り立てる。早くから徳田秋聲などの小説の中にも見られるので、戦後というような、短い経緯のことではないのでしょう。

一時帰国の機内で隣り合わせた同胞の男性の拒絶反応、目に浮かぶようです。私もいつだか復路の機内でそんな隣人になやまされたことがあるような気がする。いや、あれは、自分自身の姿ではなかったか、とおそれるほどのものです。

一昨年の春のことです。クアラルンプールから帰途に着きました。機内は大半が日本人でしたが、マレーシヤの大学生の団体もいました。一人に話しかけると、けっして流暢ではないが、端正な日本語が返ってくる。日本へ二年ほどの研修に出かけるのだそうです。女性も混じえて、どの青年もすがすがしい秀才の姿をしてました。年配の修道尼の姿も見えました。シトー派の所属だそうで、富山県の新しい任地へおもむくところだと言います。じつに身軽な移動の様子でした。バンコックの空港に着陸すると、タイの僧侶たちが十人ばかり、それぞれ黄色の衣をまとって、通路の両側から見あげる客たちに、楽しそうに笑いかけながら降りて行きました。それからまた空中に落着くと機内はだいぶ閑散として、急に深夜の雰囲気になり、私もしばらく眠って、ふと顔をあげると、すこし離れたところから、いくつかまとまってあいた空席の、肘掛けを払って、坐席に横に寝そべる日本人の中年の男性の姿が目に入りました。見渡すと、あちこちに何人も、同胞の中年たちが、同じ恰好で眠っている。なかには、空席も窮屈がってか、椅子の足もとの狭い床に長々と伸びているのもいる。

　とっさに起きたおかしな連想は、当たらずといえども遠からず、だと思われます。競馬場の帰り、駅まで歩く長い道をオケラ街道などと呼びますが、今はともあれ昔のあの雰囲気と、人の歩いているのと寝ているのとの違いはありますが、ひどく似ている。いかにも不首尾の帰りという感じなのです。当時すでに、国内で行き迷ってアジアの各地へ活路を見出そうとして飛んだものの、やがて退散してくる人たちがすくなくないと聞きました。それにしても、狭い坐席の上のことだから大の字なりに寝そべるわけにもいかず、からだを横向きに、海老のように折り曲げた上、うつぶせ気味にして背を外へ向けている恰好は、眠りの中へ、顔からもぐりこもうとしているように見える。あれも拒絶のひとつではないでしょうか。周囲にたいしてばかりでなく、「昨日」にたいする、そして「明日」にたいする、しばしの拒絶では。

　時間の流れを遮断された境で、われわれは拒絶反応に陥りやすい。そして拒絶の底へ痩せ細って静まり返るとき、自分の拒絶したがっているその相手とは、この自分ではないか、と気がつくこともある。

　この春先は毎朝のように、明けはなたれていく空を五階の窓から眺めました。病院にいたのです。朝は五時半頃のことで、三月の初めから十日あまりのことでしたので、東京では日の出前になり、白々明けの中から、まもなく東の空が赤く染まってきます。春はあけぼの、とはよく言ったものです。しののめの、ストライキ、などと場違いの唄を口ずさんだこともあります。

病院の消灯時間の九時から、短い眠りをつなぎつなぎ、ようやくまた一夜が明けたところになります。その間、うつぶせの姿勢を守って寝ていなくてはならない。顔も左右に向けず、まともに沈める。そうでないと、せっかくの手術の治療効果が無になるのだそうです。

今回は眼でした。右眼の網膜に孔があきました。フシアナにまたアナがあいたわけです。ちょうど七年前の三月の、頸椎（くび）の手術の後では半月というもの、四六時中、首枷をつけられた上、あおむけを守らされたことを思うと、私もこれでなかなか、翻弄されてます。しかし七年前には模範囚ながら内心、いきなり罠（わな）に落ちた獣のいきどおろしさがないでもなかったが、このたびは自業自得の、「さりとは、つらいね」というような、トボケた味もしてました。

ところで、夜明けの窓に立つことを重ねるうちに、手術を境にして失せた地理感覚が、おいおいもどってくる。すると、窓の下にひろがる建築現場のむこうは無縁坂、鷗外の

「雁」の、お玉が金貸しの末造に囲われていたところではないか。そのさらに南には切通坂、漱石の「道草」の健三が若い学生と並んで、人をあやめて二十何年して近頃出所してきた芸者にわが身をひきくらべ、自分もそんなものだという感慨がつれの青年には通じないことに苦笑しながら、のぼって行く。同じ坂を秋聲の「仮装人物」の、糟糠の妻を亡くしたばかりの庸三が若い同居人の葉子と、広小路で鏡台などを見立ててきたその帰り、暗がりで肩を寄せ合って行く。

東へ目を振ればビル群のむこうがもう不忍池の畔、池の端、「雁」の末造の火宅があり、北のほうにはお玉の老父も暮らし、すべてがじつに狭い範囲の内にあるといまさら驚いて、さらに北へたどればまもなく根津、根津権現の裏手の辺には瀧井孝作の「無限抱擁」の、吉原あがりの松子が母親と暮らす二階長屋がある。色白で眉毛が濃くて下ぶくれ、一方の瞳にホシがあり、そのために、物を見つめる時に顔をちょっと斜めにもたげる癖がある。それを信一がひとりの下宿の夜に真似てみると、頭の一方が光をうけて明るんでいるような気持がするという。

病院の西側が大学の構内で、そこを西へつっきって正門を抜け、通りを渡ってすぐの角から裏路に入り、まっすぐ行くと長い急坂になり、その下の辺が森川町橋下、嘉村礒多の「崖の下」の圭一郎と千登世、駆落者がまさに崖のすぐ下の、根太がゆるんで畳の浮きかけた家で暮らしている。その朝な朝な、女が台所へ起き出して男が寝床にまだいる頃に、はるか崖の上の、純粋敬虔の真宗の青年信者たちの合宿所から、勤経の声が降りかかり、男は夜(ゆうべ)の衾(ふすま)の襟に顔を埋めて両の拳を顳顬(こめかみ)にあて、郷里の妻子を思い、崖上の集団の指導者でもあり我が師でもあった人の諫めを思い、台所に立つ女に聞かれぬよう、声をころして哭く。

朝の窓に寄って、囚人が昔よそに眺めた男女たちのことをいまさらつくづく思うのと一緒でしょうか、病人の念頭を古い小説の人物たちがしきりに往来するのです。いずれも、現在の私よりも、年下の人たちになりました。若い人物たちは、今から思えばじつに若い。それでも、自分よりも大人であるような、気がしないでもない。とにかく、一夜うつぶせの苦行に堪えた病人の朝に、先人たちの小説の男女たちが「かはたれ」の陰翳をつけて甦るとは、小説家のはしくれとして、小説の力を見たようで、安堵を覚えました。「硝子戸の中」の、漱石その人が暗い雨の中をやって来て、すれ違う人力車の上に女人のほの白い、のちに「ある程の菊投げ入れよ」の句を献ずることになった大塚楠緒子の顔を仰いだのも、切通坂をあがって、旧本郷四丁目の手前を右へ折れた小路のことですから、病院のほうへだいぶ近寄ります。あの雨の場面も、死の翳のもとにあるとは言いながら、色っぽい。漱石は色っぽい人です。

　しかし、「無限抱擁」の信一と松子は陽あたりのよい下宿の二階で夫婦として暮らすことになり、湯島の崖の中腹と言いますから、病院と切通坂をはさんで丘つづきになりますが、やがて二人で根津にもどり、そこで松子が喀血して、田端へ移る。病院の辺からほぼ真北、弥生、千駄木、動坂下を過ぎた先になります。その田端の家で松子は一年ほどの闘病ののち亡くなり、その臨終の場面で小説の本篇は了りますが、それに不思議な手記が続き、不思議な出来事を挿話として伝えてます。

　やはり田端の新開地の借家に住まう、子のない若い夫婦のことで、夫が夕方に会社からもどると、家は留守で雨戸を閉てきってある。夫は隣家に問い合わせる。そこの奥さんが一緒に勝手口から入ってくれる。家の中へあがると、茶の間には電灯が点いていて、二人で済ました朝食の膳がそのままになっている。ほかに家の様子は変わりもない。夫は雨戸を繰りはじめる。その雨戸の外、奥まった四畳半の間の縁外、というのは外縁でしょうか、そこで庇の腕木に扱帯を懸けて、妻は縊れていた。

　家の内からわざわざ縁外に出て、その上、背後の雨戸を閉ざすとは、おそろしいことですが、その女性のその時の心理に、想像はわずかながら、およばぬでもありません。隣の奥さんが勝手口までついてきてくれたばかりか、七りんに炭をおこしはじめたことも、それまでにもその家にいろいろな騒ぎのあったことを思わせます。

私はそれを聞いてその場合の食器のあと始末も得うしなかった女の人の上を思うて暗然としました、と著者は述べてます。読者も暗然とさせられる。

しかし、秋はおそらく九月の下旬、長雨の一日のことのようで、大正の末だと、家に電気が通じるのは、暮れ方の五時頃から、朝の七時八時までの間でしたでしょうか。いくら暗い雨の日だからと言って、雨戸を閉ざしたきり、細い電灯のもとで、夫の出かける前の、朝食を二人でしたためる夫婦の姿が、事のトドメのように、私には心に残ります。日本の近代小説がその周囲を遠く近くからめぐってきた、行き詰りの「体験」のひとつではないでしょうか。

あらわになるようで書きそびれかけましたが、私が「手記」から想像するところはこうです。夫婦しての朝食の後、女は男を送り出し、膳の前にもどる。片づける気力もない。そのうちに、電灯がひとりでに消える。女は明るさを求めて、雨戸を一枚だけ繰り、縁外へ出る。そして暮れ方、人のいない家の内で、電灯がまたひとりでに点る。

陰惨なようなことを書きましたが、病院の早朝にこれを思った心は、かならずしも、陰惨ではありませんでした。あげくにはむしろ、物を書きあらわす者として、いや、生きる者としても、底力のようなものがあげてくるのを感じました。むろん、私一人の底力、ではありません。

爽やかな北欧の蘇生の春へ、東京は弥生の空から、とうに「出所」してきましたが、もう四月で花も盛りになりましたが、まだ夜明けの窓に立つ心でおくる、楽天のたより、と受けてください。

春の気配

古井由吉様

佐伯一麦

一九九八・四・二二　オスロ

その後、眼のご様子はいかがでしょうか。

それにしましても、七年前の頸椎のときには、古井さんの筆圧の強そうな独特の文字を思い、特徴的な病だと感じ入ったものですが、今回もまた、やや不謹慎な物言いになるかもしれませんが、同じような感想を持ちました。眼の酷使は、二十代の頃からの翻訳者としての経験に始まったものでしょうが、このところ続けていらっしゃる、主に中世の宗教家の説教を複雑な文脈を辿りつつ、事細やかに読み込んで、それに注釈を加えることを本文として、表現として成立させてしまう、という過激な創作の試みが、眼に更なる負担をかけたものと推察するからです。

手術後しばらくは片眼の不自由を余儀なくされたことでしょうか。それともまだ、引き続いているのでしょうか。とても比べものにはなりませんが、私も幼い頃、ひどいガチャ目で苦労させられた覚えがあります。右眼に腫瘍が出来たのですが、それを一と思いに手術して切除してしまえば良かったものを、赤外線療法などという穏便な手段に頼ってしまったために、片眼の視力が一遍に損なわれてしまったのでした。もっとも気付いたのは少し経ってからです。小学校の視力検査で、まず左眼を測ると、何の苦もなく一番下まで、つまり2・0まで見える。それを右眼に変えたとたん、一番上の文字がぼんやりとどうにか判読できる、という状態を知ったときの狼狽はいまだに忘れられません。教師には、ふざけるな、と追い討ちの叱責を受ける始末でした。

結局、小学校の三年生から眼鏡を必要とする子供となったわけです。最初は片眼だけは素通しのガラスでしたが、うまくしたもので、それから一年後の視力検査では、左眼も右眼より少し良い程度の視力となっていました。その年頃から眼鏡をかけることの恥ずかしさ、鬱陶しさはありました。けれども、野球少年でもあった身には、ボールがよく見えるようになって面白いように向上した打撃の快さのほうに惹かれ、とりあえず表面では、幼少の疵とはならずに済んだと思われます。

一夜、うつ伏せの苦行に堪えさせられたそうですが、翌日の早暁、病室の窓辺に立つ古井さんのもとに、日本の近代文学が近在の坂々の方から、雪崩を打ったように迫って来て蘇る様は、読んでいて圧倒されました。

いわゆる、日本近代文学、自然主義文学、私小説、についての議論は、ともすれば対象を固定したものとなりがちです。肯定するほうも、否定するほうも、百年一日のごとくにしか語れない。しかし、たかだか百年、それにしても百年、といずれも所詮同じことなのだと思われるのですが、作品と我々の関係は、まだまだ安定したものとなどなっていない。古典の落ち着きを得たものではさらさらなく、いつでも価値の転倒が起こり得る同時代の文学として存在している、ということでもあるのでしょう。それは、読み手の肉体に、その都度その都度更新され、一回限りの相貌を帯びて蘇る。否定も肯定も、そもそも不可能と思われるような、己の出自、お里を突きつけるものとして。あるいは、この世にいま生きてあることの不思議さ、それゆえのある充実した感じ、としかいいようのないものとして。

引用なさっている箇所を読んで、『無限抱擁』の本篇に続く不思議な手記が、はじめて読んだときには、面妖な小説の作りだな、と訝しく感じられたことを思い出しました。（それから、私の関心の多くは、瀧井氏の小説に見られる特徴である助詞の省略、あるい

は助詞の独特の用法、という点へと向かったのでしたが）
　また、外縁で首を括った死者の亡骸は、家の中に横たえられることになったのだろうか、という些細な疑問も浮かびました。私の田舎では、外で自殺した仏は家の中には入れない、というしきたりがあったものです。
　漱石などからも窺えるという、死の翳の色っぽさ、という点は、正直のところ、私にはまだうまく摑めない楽天の味わいです。しかしながら、瀧井孝作、この、造り物を廃し、即物的な物に就いて表現したと言われ、素のままの渋い文章などという評価が定着しているかにみえる作家が、存外色っぽく、またその作品が、端整などというものではなく、むしろその反対の、構成の破れさえをも懼れない姿形をしていたことに、改めて北欧の地で目を見開かされた思いがいたしました。その点では、異国にいることが作用したのかもしれません。
　はじめに私は、『マルテの手記』を引き合いに出して、「僕はまずここで見ることから学んでゆくつもりだ」と記しました。その、見ることによって具体的な事物に就こうとする精神の内実も、とても素朴なものではあり得ないということを、私は先人の小説から改めて思い知らされることとなりました。それにしても、題名からして、「無限」、そして「抱擁」、です。思わず溜息が洩れました。魘（うな）されるほどのロマン主義の精神さえ、そこにはたのではないか、と考え込まされました。

見出せそうです。こうした言葉遣いを、我々はここしばらくの間、妙な潔癖感から拒絶しすぎてきたのではないか、死角へと追いやることで得られる表現の安定を信奉しすぎて来たのではないか、と考え込まされました。

日本では、春はあけぼの、なら、オスロではさしずめ、春は夕暮れ、となるでしょうか。イースターを迎えたとはいえ、まだまだ樹木の蕾は固く、ほころびそうにありません。前回北欧の春の気配を伝えたとたん、季節はしばらく冬へと戻ったかのようでした。カフェの表のテラスへ出された椅子やテーブルの上に、雪が降り積もり、通りでは、「南からすでに渡ってきた鳥たちの食糧は危機に瀕し、数多くの死が予想される、どうか彼らに、パンを、麦粒を与えて下さるように」という愛鳥家によるスローガンが掲げられました。

イースターの休暇中、太陽はまるで姿を見せませんでした。それでも、日脚は確実に伸びて、今は、夜の九時頃になって、外はようやく夕暮れていきます。八時頃にいったん暗くなりかけた空が、蒼い残照となって、最後にまた明るみ渡るのです。一日の終わりに、それに眼を瞠るのが、このところの習いとなりました。

蒼く明るんだ薄曇りの下、ウルの谷間に、夜鶯の啼き音がきこえ始めました。

「私」の現在

佐伯一麦様　　　　　　　　　　　　古井由吉

一九九八・五・一　東京

いったん暗くなりかけた空が、蒼い残照となって、最後にまた明るみ渡る。私にも覚えがあります。オペラがはねたようで、長い橋の上を人が参々伍々戻って来ます。七月にコートを着ている。川風がだんだんに寒い。橋を渡る人の眼には音楽の感興が残り、はるか川上の空には赤く、夕映が凝った。夏時間の十時近くでしょうか。一日歩きまわった上にワインに酔ったからだには、もう深夜の雰囲気でした。オペラから帰る人の、今夜の眠りはどんなだろう、などと思いました。

夜鶯の声は聞いたことがありません。しかし薄明のウルの谷間から立つというその声に、古いドイツの詩を思い出させられました。《来たれ、夜の慰めの鳥。声を挙げよ、夜鶯》というような冒頭でしたか。夜の沈黙の中に天なる神への讃歌を響かせよ、とあるので敬虔の詩です。しかし、夜に囚えられた万象から神への讃歌の声を誘い出せ、万象をして朝まで歌わしめよ、というような叫びを聞くと、近代の徒はつい、不眠の苦悶の中から、地を覆って沸き立つ熱狂を、オルギーを待ち望む心を、思ってしまう。古い詩は、そんな読み方をするべきではないのでしょう。

三月の入院中に、未明のこと、例の事情によりうつぶせを守って寝てますと、ゆあーん、ゆよーん、とこれなら中原中也になりますが、それと調子は似ているのだがもっと寒く狂った、くわあんしーん、くわあんしゅーん、と私の耳には聞こえました。そんな音が繰り返すのです。初めは幻聴かと思いました。幻覚の類に、私は逆らわない、騒ぎもしない。ところがためしに両手で耳を塞ぐと、ぱったり止む。得体は知れぬが、外の音とわかりました。そのまま、また眠りました。それから目を覚ますと、三時頃でしたか、例の音がよほどはっきり聞こえる。寝床を降りて窓を開けてみました。

夜明け前の空へ、怪鳥が叫びを挙げてました。だいぶ離れた工事現場からのようです。大型のクレーンのようなものでしょうか。都会の深夜の工事のことですから、いまどき、動力部分の遮音は相応にほどこされているのでしょうが、高速度回転の唸りや、大きな重力のかかる支点の軋みは、消せないものなのでしょう。なまじ「純化」された機械音が、怪鳥の甲高い叫びとなり、空へ立つらしい。寒く狂ったようなと聞いていたのが、やがてはうつろな悲鳴に感じられました。

それにしても、われわれは何十年も「普請中」の時代に生きてきた。それこそ、普請の騒ぎの中で生きて、愛して、書いた、と言えるほどのものです。現に私などは工事の音の中で病いの身を養っている。朝になれば病室の窓のすぐ下が建築現場になるのです。その私が遠くの深夜の工事の声を、寒く狂ったようなと聞いた。何かしら物狂い、熱狂のような情念をかすかに誘発されたようなのです。大兄は青年時代に「現場」の体験が多々あるはずです。徹夜の工事には、殺伐ながらに、どこか祭りのオルギーへ通じるような興奮はあるものでしょうか。

何事かを熟知するということは、一個人の体験では間に合わない、つまり、一代の知には余ることなのではないか。そのような累代の熟知が本来、小説には要求されているように思われます。すくなくとも熟知の幻想、書き手と読み手の分かちあえるその幻想こそ、小説の生命なのではないか、と。

ところが、近代日本文学は大半が都市人の、都市流入者たちの文学です。同じ都市に生まれ育った人でも、移動がはげしく、新規開発も急であり、土地の者とはなかなか言えない。流入者の大半は土地ばかりか親兄弟からも、親類からも、離れて暮らしている。まして、祖先の臨在などは、日常の感覚にない。

それでも作家たちは流入した土地での生活を、人生を物語ろうとする。当然の欲求です。知らぬ土地の、知らぬ人の間でも、それなりの熟知はある。ただしその熟知は何分にも、歳月の厚みに欠ける。自分の生まれる以前の歴史や、親たちや祖先の体験に支えられるには、そこからあまりにも隔たった自分の現在である。その現在の環境ものべつ変化する。環境が変われば心境も移る。一篇の作品に没頭する間にも、時代の現実が違ってしまうということになりかねない。語り口の安定しない所以です。しかしそれにもまして作家を妨げるものは近代人の意識、「良心」でしょう。自分一身がほんとうには知らないことを物語るのは、不誠実だ、と。

この誠意のおもむくところが、自分の真に熟知し得るのは、したがって偽りなしに語り得るのは、自分一個の体験のみだ、という覚悟ではありませんか。私小説という観念の出てきたひとつの道すじだと思われます。しかしこれがまた難儀の始まりとなった。後世は、われわれもふくめてのことですが、「私」ははたして、「私」を熟知し得るものか、という問題の前で、うろついている次第です。

事は単純ではありません。まず、明治の三十年台に興こった自然主義の、虚飾なき告白を旨とした作家たちには、私小説というような了見はなかったらしい。たしかに後世の私小説とは、文章が異る。「私」のことを語っていても、その「私」の構造からして違う。さらに大正期の藤村の「新生」と、昭和に入っての秋聲の「仮装人物」とは、あの「私」は私小説の「私」でしょうか。語り手の「私」は一個人よりも広い言語空間にいます。喩えがやや不穏当になりますが、どこやら広いところで《公演》しているような感じすらしませんか、後世の私小説とくらべて。

永井荷風の昭和十二年の作、「濹東綺譚」は冒頭いきなり、わたくしは、で始まってます。明治の「私」の腕っぷしでしょうか。

ところがまた、私小説というものに殉じたかたちの作家たちもいる。葛西善蔵と嘉村礒多を、私はその代表者と考えます。この人たちは「私」が「私」を語ることの、あらわな矛盾域にまで、たちまち踏み込んでしまった。この二人を人は主観の作家と取るでしょう。おおむね、それは当たっている。しかし私を驚かすのは、この二人の作品の随所に見られる自己客観の、どう言ったらよいか、やはり、過激さと言うべきなのでしょう、それなんです。一般の事として、自己客観が極地に至ると、主体が無効になりかかる。すると、また事の順理として、「私」が「私」を語るということも、無効に瀕する。私小説の

「私」と一口に言っても、著者の「私」と語り手の「私」と主人公の「私」とが、串みたいなものにひとすじに貫かれているわけでなく、かなり微妙な相互の連動により繋がれているのですが、それぞれの「私」が、時間の経過の中で主体が客体を認識したとか、克服したとか受容したとか、そういうタテの関係ではなくて、ヨコとは言いませんが、同時同等の「現在」としてあらわれるのが私小説の過激さでして、そこであまりにも見事な自己客観がおこなわれると、人は客観ということの究極の徒労さに、驚かされる、いや、正直のところ、感動させられる。

感動というからには、徒労寸前の表現の成就に心を触れられているのです。「自然主義の荘厳」という言葉を秋聲はやや強引に使ってますが、これをさらに強引に援用して、徒労に瀕したつかのまの表現の成就の荘厳とでも言いますか。あるいは、徒労そのものの荘厳かもしれません。仏教徒の末流として、空に触れては色を感じる、という習性がわれわれにはあるようなので。

認識論風に、ワタクシ・ロジーの背理域に踏み入った、などとモジれば面白い。むろん、善蔵も礒多も「方法論」によってそこへ導かれたわけではない。あくまでも、作家の「誠実」に促されてそこへ突っ込んだわけです。それでも善蔵には詩人の資質があり、メソメソと泣いているようなところでも詩人的なアイロニーを利かせ、晩年の八方破れの極わまった作品では、騒々しいようだが深い諧謔味をひろげてます。礒多のほうは、宗教的な苦悩への資質の際立つ人ですが、それだけでなくて宗教的な思弁、まともに思弁こそしていませんが思弁癖の影のようなものがあり、それに押されて表現の奇妙な域へ踏みこんだようですが、晩年の澄明な作品「神前結婚」には、かならずしも自身が主体のものではないところの、せつないアイロニーを底にひそめてます。

しかしわれわれは、ワタクシ・ロジーなどと冗談を言ってますが、現代の作家としてこのことを、礒多に劣らず大まじめに、善蔵に劣らず自己諧謔に苦しんで、しかも両人よりもはるかに砂を嚙む思いで、考えなくてはならないのでしょう。

これは夜の鶯ではなくて、昼の鶯が一羽、私の住まいの近くの馬事公苑の雑木林に来て、よく鳴いてます。四月の花のもう散る頃に数声耳にしたのが初めで、それから日を追って鳴き声は豊かになり、新緑の季節に入った今でも、何が気に入ったのか、都会の林を去りません。ホーホケキョだけでなく、「谷渡り」というのはあれでしょうが、長い囀りもたっぷり聞かせる。林の中には、どうかすると、私一人しかいません。鳥はいつまでもいつまでも鳴いて、声はいよいよ佳境に入る。そのうちに、徒労感のようなものが私の上に、鳥の声と私との間に降りてきて、鳥が徒労なのか、私が徒労なのか、とそんなことを考える。

それでも聞き惚れています。一声ごとに、新緑の林があらためて現れるかのように、感じられます。

活きた線死んだ線

古井由吉様

佐伯一麦

一九九八・五・一五　オスロ

ナイチンゲール（夜鶯）の啼き音をはじめて耳にしたときに、咄嗟に私が思い出したのは、シェークスピアの『ロミオとジュリエット』でした。

初めて読んだのは中学生の頃でした。白状しますと、よくありがちなように、映画が公開されてそれを観た直後に原作を読んだという次第です。

ベッドシーンが話題となったその映画では、確か二人がはじめて同衾した夜の明け際のベッドの中で小鳥の啼き声が聞こえ、慌てて身支度を整えようとするロミオに向かって、ジュリエットが、あれはナイチンゲールなのだから、まだ夜は引けていないと引き留めたと覚えています。当時の美少女だったオリビア・ハッセーの口から出た「ナイチンゲール」という切ない言葉の響きが、少年の心に留まったのでしょう。

原文の日本語訳（岩波文庫・平井正穂訳）を参照すればこうです。

「もう行っておしまいになるの？　まだ夜も明けていないのに？　不安に苛立つあなたの耳を今劈いたのは、夜鳴鳥であって雲雀ではありません。あそこの柘榴に夜毎に来て鳴く鳥で、嘘ではありません、本当にあれは夜鳴鳥」

「いや、あれは確かに暁を告げる雲雀、けっして夜鳴鳥の声ではない。ほら、ご覧、意地悪な光があそこの東の空のちぎれ雲を縞模様に彩っている。夜の燭火がもう燃えつきて、楽しげな昼の日があの霧のかかった山の端に足を爪だてて立っている。ああ、私は、命を全うするためにはここから行かねばならぬ、留まれば死なねばならぬ」

近代の意識にとらわれた映画とは違って、翻訳からは厳然とした宿命性を帯びた人間のタイプが浮かび上がって来るようです。映画で使われていた効果音が、ナイチンゲールだったのか、それとも雲雀だったのか、今となっては判然としませんが、確かに夜が明けはじめる前に啼くナイチンゲールの声は、眠りの時間を混迷させる響きを持っているかのようで、何度か、朝を告げる小鳥の囀りかと、目を覚まさせられる体験はしました。病を得て仙台へと戻り、独居していたアパートで不眠が続くようになっていた頃、夜ばかりか空間や記憶までもが白んでいくようにおもえる暁刻に聴いた杜鵑の啼き音を思い出しもしました。やはり夜に立つ鳥の声というものは、慰めというよりは、凶々しさを感じさせるようです。

当初は、夜の間中、鶯の谷渡りにも似た声を響かせ続けているその鳥が、果たして本当にナイチンゲールなのか、確証が持てませんでした。それで、冬の戻りの時期に「鳥たちに食糧を」というスローガンを掲げていた人の所へ行ってみることにしました。オスロ大学の山好きな学生だというその若者は、毎週土曜日に、オスロ中央駅から王宮へとまっすぐ伸びたメインストリートであるカールヨハン通りの辻に立って、鳥の音を収めたテープを流しながら募金活動を行っていると言っていたことを思い出したからです。

訊くと、やはりナイチンゲールでした。その鳥の啼き音を口笛で真似て知らせ、それに相手も「わかったこんな風だろう」と口笛で応じてくると、なにやら鶯の鳴き合わせをしているような、はしゃいだ気分に染まるのを覚えました。土地の言葉ではナタゲーラ(nattergal)と呼ぶナイチンゲールは、冬の間はアフリカで越冬し、春に渡ってくるのだそうです。渡来するのは主に南欧で、その啼き音を聴くことが出来るのはオスロでも自然が豊かなところに限られると言われて、自分が住んでいる老朽化が甚だしいアパートメントの周囲の環境を幾分見直す気にもなりました。

眠りの中に立つ奇妙な音には、当地で暮らし始めたばかりの頃、私も悩まされたことがありました。真夜中、上の階から、「タッ、タッ、タッ」という規則正しい音が繰り返し聞こえてきました。先にも触れたように、悪夢によって引き起こされる睡眠異常のために、ここ数年来、眠剤の類を服んで寝に就く習慣なので、薬が切れる明け方まではほとんど夢も見ない眠りです。それはそれで、毎日往生させられるかの如き、奇妙な味のする眠りで、目覚めには、薬のせいで、口中に、まさしく砂を嚙んだような、ざらつきと苦味を感じます。

それはさておき、その夜の反復される振動音には、微かながら確かに苦しめられた覚えが、珍しくも翌朝まで残っていました。家人が言うには、頭を掻きむしって「誰か上でルームランナーをやっている！」と再三叫んでいたそうです。その科白にはとんと身に覚えが無く、私の与り知らぬところでの「私」の振る舞いに、少々魘される心地もしました。

音はその後、上でかけている、音量もさほど耳障りではないステレオの音楽の、低音だけが何かの加減で伝わってきて、そう聞こえるのだと推察されました。

石造りやコンクリートの建物の本場であるはずのこちらの建物にしては、壁も天井床も少々薄そうな造りだ、と怪訝に思われましたが、先日オスロ市の建物調査を担当しているという人が来訪して、その謎が若干解けました。病院を中心に、この周囲に立ち並んでいるアパートメント群は、一九五二年にオスロで冬季オリンピックが開催された際に、選手村とするために、建てられたものなのだそうです。ほぼ四十五年前の俄普請だったのでしょう。

私が住み始めてからも、周囲の壁の剝落や窓ガラスの破損は目に見えて一層ひどくなっています。花瓶や台所用品なども落ちているので、上の階には、エキセントリックな人が住んでもいるのでしょう。ともかく、上からの落下物が危険なので、庇に覆われている出入り口以外には、フェンスが張り巡らされて、建物の周囲三メートルから所によっては十メートル近くは、立入禁止となっています。

とはいえ、中で暮らしている限りにおいては、前述したような壁の少々の薄さや下手に窓から顔を出せないというようなことがあるにせよ、案外に快適なのです。それはひとえに、給排水、電気、それにセントラルヒーティングの共同暖房などの基本的な設備がまだまだしっかりしていることに拠ります。見かけは皺が寄った老人のように古色蒼然としていても、中身の循環系統は柔な若者よりよほど壮健だ、というわけです。

私には新しい建物に入ったときに、思わずジロリと三百六十度その空間を眺め回してみる癖があるようです。当人は意識していなかったのですが、以前中国へ一緒に行った知人に言われて気が付きました。おそらく、電気工事の現場で仕事をしていた頃に身に付いた習いなのでしょう。

阪神大震災で、人々は家の構造というものにはじめて目を向けたように思えますが、外壁が崩壊して内部が露出した様は、何の変わりもなく建っていると見える建物に対して、常に私の目が透視している光景でもあります。そういえば『マルテの手記』の中にも、解体されかかった建物に対して向けられた主人公の視線に忘れがたいものがありました。

その現場での体験が、どうも私にとっては、「私」を認識しようとする試みの出発点であったように思えるのです。例えば高所での作業中、危険な足場の上にいる自分を常に意識していないことには、生命も脅かされる。そうした必要上、いまある「私」の認識を迫られたようなのです。しかし、文学の場合と同様に、それでも、「私」の、いまここ、が私によって充分に捉えられない局面が、どうしても生まれてくる。後になって、随分と危ない橋を渡ってきたものだ、と冷や汗をかかされることはしょっちゅうでした。

徹夜仕事の、まさしく「不眠の祭り」とでも言いたくなるような熱狂に染まった現場では、危険の感覚が薄れ、疲れているのに妙に体が軽い。恍惚のような味さえ覚えないではない。そうしては、後になって、足場の上を楽々と渡っていたような自分の姿に、身が竦み、苦しめられることとなりました。

病院での工事ではこんな思い出があります。電気工の用語では、電気が流れている線を活きている線、流れていない線を死んだ線と呼ぶのですが、それを大きな声で叫び合いながら工事をしていました。「おーい。この線活きてるのか、死んでるのか」というように。

当方らにとっても、その見極めを付けるのは死活問題なのですから真剣なのですが、いかんせん、場所が場所でしたから……、婦長さんからどうかその言い方だけは止めてくれと懇願されたものでした。

そんな風に世間と渡り合いながら、自分の「私」を書き始めていた頃の一番の難儀は、古井さんが書いておられたように、一篇の作品に没頭する間にも、私の環境が変わり、心境が変わりするので、「私」の口調がまるで安定してくれないという点でした。昨日まで書いたものを読み返すと、すでにその「私」が白々と見えてきてしまう。ひどいときには、一文一文ごとに「私」に対して、剝奪が起こる。

それは今でも同じことです。

「私」の完成ということに私小説の主眼をおいた作家もあります。また、「私」の絶対的な主観というものを反時代的に、強く押し出していく体の私小説の表現の道もあるでしょう。

しかし、私のは、どうもそれらとは違う。主観を打ち立てたくて、というのではなく、私が「私」を客観することの不思議さに捉えられ、一行一行ごとに生成惹起される「私」というものを何とかして言葉で束(つか)みたい、という欲求に衝き動かされているようです。その意味で、私も、葛西善蔵と嘉村礒多をそうした私小説の代表的な先人と考えます。

電気工の修業時代、親方が、東京はほんとうに坂が多いところだ、昔は自転車で材料を運ばされたから、随分と坂道には苦労させられた、とよく言っていたものです。昭和三十年代の普請に当たっていた頃でしょうか。

オスロもまた坂が多い土地です。そして、古井さんが病院の窓から見たという怪鳥のような大型クレーンが、当地でもあちらこちらで普請の音を立てています。私のアパートメントの窓からも見えるそれは、病院の病床を増やすための工事を絶え間なく行っているるしのようです。

五月の声を聴いたとたんに、一気に春を飛び越して初夏の様相となったオスロで、坂道を上るたびに、大童の汗をかきながら、日本の近代の文学に思いを馳せています。

嫌な声

佐伯一麦様

古井由吉

一九九八・六・六　東京

長い廊下のはずれの喫煙席でくつろいでいると、天井の蛍光灯が一斉に消えて、両側の壁に沿って点々と非常灯のランプが点った。その赤い光のつらなりに目を惹きこまれました。昼日中のことです。魅惑でした。しかし私にとって、この魅惑には一抹の恐怖が混じる。空襲警報下の、暗幕に覆われた電球の色を連想させられるのでしょう。あるいは、敵の接近を感受して潜航した、潜水艦の内部の赤光灯を想う。そんな体験は私にあるわけもない。しかしその感覚はたしかにある。体験とはそのように、個人よりひろい底層にまで埋めこまれてあるのかもしれません。

あたりがにわかに暗くなると、人は耳を澄ますものです。するとその耳から、まるで百年の記憶のように、深い静まりが私の内へ流れ込んでくる。いや、それとは逆です。その静まりの中へ、耳から、そして肌から、私の内部のほうが吸い込まれていく。考えてみてください。われわれは日常そして長年、ほとんど四六時中、寝ても覚めても、いかに脱れがたく、もろもろの機械音の錯綜を下地として生きているかを。それが停電となれば、館内のエアコンをはじめ、あらゆる電気器具の音が絶えるのです。それだけでも、人は静まりに触れて、つかのま気が振れかねない。

しかしひと息置いて私の上へ降りてきたのは、そのようなものに私は精々冷淡にして来たほうでしたが、まさに郷愁でした。ここに自分の本来の空間と、そして時間があると。まるで赤いランプに導かれて廊下の奥へ奥へと、「郷里」が深まっていくかのように。椅子から腰を浮かして手を伸べんばかりの心持でした。やがて日常をかえりみて、あんな騒音の中で、物を思おうとしても、徒労に近いな、と憮然として坐りなおしました。

じつは五月のなかばからまた十日ほど、病院にいました。やはり眼科です。三月に続いて再手術となりましたが、もともと二段構えのことでもあります。今回はフシアナの奥のアナも塞がりましたので、御心配は無用。反復の苦も思いのほかサバサバと耐えました。

ところで、私の入院中、病院は電気工事の最中でした。七〇年前後に建ったものでしょうか、新建築物ではあるがすでに老朽が始まっている、そんな建物のひとつです。すでに表玄関と外来のほうは新築に改まり、さらに新しい棟が増築中で、私の居る「中央病棟」はいずれ取り壊わしになるのでしょうが、それまでは電気系統が持たないというところらしい。どこかで大がかりな修復工事が進行中のようですが、私の棟にもこまかい修繕のために電気工の職人さんたちが出入りする。天井のパネルをところどころはずして、釣竿みたいな道具を差し入れ、古い電線を抜いたり新しいのを通したり、そのあざやかな手際を、喫煙室から、日中閑なものですから、いつまでも眺めている。いちいちの手順を、つくづく面白いと見まもっている。まるで子供です。むろん、片目眼帯で。

若い頃に同じ職に従事されていた、あなたのことを想いました。そしてあの作品の、あの場面。一日の作業の終りでしたね。夕暮れのビルの屋上に登って、その外壁の角に、かつてはこの辺では抜きん出たビルだったので取りつけた航空灯でしたか、いまや無用となったその回路を、殺す。ほかの回路から断って、電気が通らないようにすることでしたね。これを殺して、一日の仕事が仕舞えた、というような言葉がありました。あの言葉が長く私の内に残った。今でもしんしんと残ってます。私自身の仕事も、そういうものではないか、と思うことがあります。いや、私の存在こそ、いまや死んだ回路のようなものではないか、とそう思うと一段と心身が静まります。

そんな病院暮らしをして、家に帰って来ますと、机の上にオスロからの御手紙がありました。「おーい。この線活きてるのか、死んでるのか」と病院で大きな声を掛け合って作業を進めていたら、どうかそれだけはやめてください、と婦長さんがアヤマッタという話、婦長さんの顔が浮かぶようで、笑いました。眼科だと生命にさしあたり異状はないので、その掛け声を耳にして、「そうだなあ、どちらかと言えば、まだ、活きてるな」と答える陽気な病人もありそうです。

初めての建物に入る時、まず三百六十度、その空間をぐるりと睨む習癖が、電気工事の現場から、現在まで持ち越されたとのこと、さもあらん、とうなずかれました。初めにしっかりと現場の諸条件を測っておかないと、作業が進むにつれて段取りの喰い違いや、さまざまな故障(トラブル)が生じかねない、という配慮からばかりでなく、自分自身の観察や感受や判断の、「性能」をここで一度測っておく、絞りこんでみるというようなこともあるのでしょう。ここで一寸の狂いがあると、難所にさしかかる時、その狂いの幅の大きくなるおそれがある。初めに狂いがあればあったで、そのことを知っておかなくてはならない。危険な工事現場の体験が、あなたにとって、「私」を認識する試みの出発点であった。

場にいる自分を常に意識していないことには生命も脅かされる。その必要からして、いまある「私」の認識を迫られたとのこと、自己認識とは本来、そこから始まるものだ、と私も考えます。しかしそこから先が、すでに散々に苦しまれたことでしょうが、むずかしい。

まず、危険な場にいる自分を知るということは、自分の置かれた状況を知るということだけでは、かならずしも、済まない。危険な状況を意識しても、その危険を危険とも感じない自分が、自分の内のどこかしらに、常にわずかずつ潜む。それがふっと顕れる。その「魔」の差し加減は日により時により、あるいは刻々と異る。それをもふくめて、身を守るための、刻々の自己認識ですから、事はやっかいです。

「私」の、「いまここ」が、私によって充分には捉えられない局面が、どうしても生まれてくるとのこと、高い足場の上の局面だけに、聞いて私も足がすくみました。しかしその「いまここ」において、意識にとってはさらにそらおそろしいことに、足は一向にすくまないのでしょうね。

「私」が私によって充分に捉えられないと感じるのは、危険に身をさらす立場としては、当然の恐怖です。しかし「現場」からやや離れてみるに、それは、「私」が私によってあまりにも捉えられた、とまでは言いませんが、自己を意識しようとする緊張が一時、極限域に入ったしるしでもあるのでは、ありませんか。なにぶん自対自のいとなみです。その自対自がもっぱらになれば、二枚の鏡が間近から、ほかのものを映さずに、向かい合わせたようになり、そして主体が落ちる。精神の活動も静止して、危機感も失せる。身を守ろうとする緊張のあげくのことですから、ずいぶんな矛盾です。それに、その時、「私」は何者なのでしょう。

むろん、これもしばしのことなのでしょう。その間、何かが支えてくれる。空白の切迫のようなものでしょうか。これを神の手と呼ぶ度胸はありません。ひきつづき冷汗が流れます。

意識ではないところの自己認識、と言えば理は通りませんが、そうとでも呼びたくなるものに支えられた同職の人たちも、いたのではありませんか。あとは冗談のほうに逃げることにして、

——おい、あの野郎、読み書きができるんだって。

——そうか、道理で、腕が悪りいと思った。

これは古い落語のほうの、職人のやりとりです。冗談をもうひとつキツくして、

——あの野郎、文学など、やるんだって。

——おい、足場へ上げねえほうが、いいんじゃねえか。

五月の連休過ぎの頃から、夜が明けると、暗幕を垂れた私の寝間の内で一羽の鳥がしきりに跳ねまわる。枕もとのほうの、本や雑誌を積みあげたそのあたりで、何かを物色するようなのを、夢うつつに聞いていました。もちろん、部屋の内であるわけはない。窓のすぐ外に雀が来ているらしい。それにしても、餌をあさるにしてはずいぶんひっそりと、ひとりきりで働く感じなので、何をしているのだろうと、朝ごとに訝るうちに、入院の運びとなりました。

それから十日ほどして家に帰って来ますと、それが雀の巣づくりだったとわかりました。窓のすぐ脇のコンクリートの外壁の、換気孔の凹みに目をつけたのです。もう雛たちも孵って、そのたどたどしい声も聞える。親鳥が餌を運んでくると、なかなか賑やかです。とそこまでは可愛らしかったのですが、やがて日一日と、おそるべき生命力です、雛は育っていくようで声が大きくなる。夜明けから、日の暮れにぱったり止むまで、ほとんどひっきりなしに鳴いている。囀ると言いたいところですが、雛鳥だけに加減を知らない。もう閉口してます。

まあ、窓の外の雛の声になやまされるのも、袖触れあうも他生の縁、おかしくて、よろしい。十日ほど枕を抱えこんでうつぶせに寝ていた間も、この苦行もなかなか、おかしくて、よろし、とそう思ってました。

病人たちは陽気に振舞っていても、やはり、身の病いに気を凝らしているものです。その静まりを病院から持ち越してきました。その耳でその肌で、世間を聞きますと、われわれの国は、病いが膏肓に入りかかる——まだ入ってはいない、と私は信じますが——につれて、いよいよ空騒ぎへ、その場しのぎへ、奔るようです。人はまるでわれとわが耳を聾せんとするように、妙なふうに喉を詰めて、喉を絞って、嫌な声で喋っています。

いま、日本人は声が悪い。

叫びについて

古井由吉様

佐伯一麦

一九九八・六・一六　オスロ

春先の病院の窓辺に立った古井さんが呟いた「しののめのストライキ」という言葉が伝播したかのように、当地ではつい先頃まで一と月ほどバスのストライキが続いており、それがようやく収束したかと思うと、今度はオスロ・フォルネブ空港のストライキが始まりました。

地元の人々が、不便しながらも、淡々とそれを受け入れているのが、異邦人の目にはやや不思議なことのように映りました。こんなにストライキばかりしていて、この国はいったい大丈夫なんだろうか、そんな余計な心配さえ浮かばないでもありませんでした。

しかし思い返してみれば、日本でもこの時期のストライキは、ほんの以前まで季節の行事として存在していたものです。私が上京して働き始めてからでも、国鉄のストライキにあって、中央線の線路を新宿から中野へと歩く人々の列についたことがありました。そのときの人々の顔には、祭りの色さえ浮かんでいたようなのです。熱狂とはことなる、穏やかな、自足のこもった、といえば祭りとは矛盾しそうですが、ともかく非日常をその様に受け止めるだけの余裕があった。経済がある程度うまくいっていることと、ストライキ権の行使とは表裏一体のものだったのかもしれない、とも改めて思わされます。

しかし、まだバブルに踊らされていた時期から、既に労・使の立場の違いは曖昧となって、ストライキの光景は過去のものとなってしまっていた、それはその後の経済の破綻の兆候でさえあったのではないか、という印象を私は抱くのですが、いかがでしょうか。

まだ昨年の内でしたか、あるいは今年に入ってからでしたか、急の大雪に襲われた東京の交通がすっかりマヒしてしまい、電車の車内に閉じ込められた乗客が、駅員の対応が悪いと食ってかかったことが事件として報じられたのを仄聞したことを思い出しました。そうして、その行状も、すっかり「ノンストライキぼけ」してしまっていたことに拠るのではないか、とも感じられました。

円安、そしてサッカーのワールドカップの話題ばかりに、日本中が振り回されている様子が、知人からの便りなどからも窺われますが、それよりも、ストライキの一つも起こすことが先決なのではないか、という呟きが洩れます。異国からの高みの見物を決めている者が何を言う、と喉を絞ったようなヒステリックな叱り声も聞こえてきそうではありますが。

空港ストが始まってから、当地での日常の中で通奏低音のごとく鳴り続けていた飛行機のエンジン音が止んでしまうと、時間の流れがやや滞ってしまった感はありますが、白夜に近いいつまでも暮れない日の明るみの中にいるせいか、静まりとはあまり感じられません。やはり、静まりにはある暗さが必要なのでしょう。

しかし、日常の機械音が遮断されたときの深い静まりは、ときおり当地でも感受することがあります。それは冷蔵庫です。流しに備え付けられている冷蔵庫は、旧式の年代物なのでしばしば霜取りを行わなければなりません。中の食料が空いてきたときを見計らって、夜寝る前に霜取りのボタンを押しておくというわけですが、その夜は真の闇夜ともいうべき静寂に浸ることが出来ます。あれで随分、冷蔵庫の圧縮機のモーターがたびたび起動するときの振動音が、人の眠りに食い込んでいるかが知れるというものです。最新の冷蔵庫ほど霜取りの必要がほとんどない構造になっていますから、いくら振動音が低く設計されているといっても、逆に機械音の呪縛から逃れ得ないようになっているわけです。半ば冗談ですが、元電気工の立場から言わせてもらえば、霜取りの必要も冷蔵庫のストライキ権の行使として容認するぐらいで、我々の生活はちょうどよいのかもしれません。

勢いついでに言えば、今の日本は、霜取りが必要な時期といえるかもしれません。いや、霜取りのスイッチはすでに押されている。そうだとしたら、モーターの起動をストップさせたまま、後は溜まりに溜まった霜が取れるのを心を静めてじっと待つしかないのです。けれども、人々は、急き立てられたようにせわしげに冷蔵庫を開けては中を覗き込む、それだけならまだよいが、不安に駆られて、ついでにちょっとモーターを起動させてみたりして……、そのたびに、モーターは不機嫌そうな唸り声をたてて無理に動き出す。いったん切ってしまったモーターの電源をすぐに入れることは、故障の原因となるので絶対に禁物なのにもかかわらず。

春先の夕暮れどきに、オスロフィヨルドの埠頭に佇んでいると、群青色を濃くしていた空が、突然、赤く、血か内臓を想わせるような朱の色となって燃え立ちました。そのとき連想したのは、やはりムンクの「叫び」でしたが、あの絵の、頭髪のない一人の人物が頭の両脇をしっかり押さえ、目も口も一杯に見開いて絶叫しているかのような姿は、ムンク自身の説明文によると、実は、自然をつらぬく叫び声に耐えているものだといいます。外界の叫びが自身の内側に雪崩れ込んでくるのを耳を塞いで必死に堪えている姿が、逆に叫び声を挙げている姿と等しくなってしまう、というのは、今の世にも当てはまる、危機における人間の矛盾した姿のように私には想われてなりません。

大いなる静まり

佐伯一麦様

古井由吉

一九九八・六・二七　東京

いま、日本人は声が悪い。先日、日本対クロアチアのサッカーの試合をテレビで観ていた時にも、そう感じました。サポーターと呼ばれる日本人たちの行動はオスロの地でも多少の評判になったことかと思います。酒は呑まず、ゴミも散らさず、土産物店にはひしめくがレストランの売り上げはあまり増やさず、どこぞのフーリガンとやらと対照的な——この対照、ちょっと気味悪くはありませんか——お行儀の良さなのだが、往来で首から胸へダンボールの紙のようなものを垂らして、そこに、地元の人の月給の何分の一にあたるのかしら、日本人でもフランスに滞在したことのある者なら目を剝きそうな、フランの金額が、マジックで書き撲られている。そしてスタジアムでの噪ぎよう。

ある人がおかしなことを言いました。粛々(しゅくしゅく)と来て、粛々と闇チケットを買って、粛々と噪ぐな、と。あんた、粛々という言葉の使い方、間違っているのではないの、と私はたしなめかけて、あまりにも私自身の、実感を衝かれ、口をつぐんでしまいました。

あれは静かなのです。集団的なものは、マスゲームはもともと、静かなものです。外国人のサポーターの熱狂は、これもうホンモノで、その爆発力、その瞬発力たるや、たしかに、暴動へつながるものがある。それにひきかえわれらがサポーターの熱中は、試合の切迫とも、切迫の潜行ともかかわりなく、のべつ幕なし、もう盛りあがったきりです。そして目をつぶると、喉から上だけで出している、少年の変声期を想わせる、甲高く軋んだ声の、斉唱が聞える。また目を開けると、立ちあがって同じ動作を反復するその顔つきその身体(からだ)つきが、幼児のそれに見えてくる。

　東京の街でも年々、この手の声になやまされることが頻繁になりました。などと言えば、若い者への小言に聞えるでしょう。ところがこの声の軋み歪みは中年どころか、高年と呼べる層にまで、広く深く及んでいるのです。とくに仲間内、とくに同じ会社の人間が五、六人でも料理店や酒場に寄り集まると、まるで貸しきりのような、もう傍若無人の、異様なほどのモリアガリになることがしばしばです。しかし御一行様がひきあげると、その跡には賑わいのなごりも感じられない。賑わいではなかったのです。

ムンクの「叫び」の、外界の叫びが内へ雪崩れこんでくるのを、耳を塞いで堪えていると、それが自分から叫びをあげている姿とひとしくなる。あれは世界に産み落された人間の、素顔なのかもしれません。危機に瀕すると、あの顔があらわれる。しかし現在の日本人たちの「叫び」について、私は近頃、それとはさかさまなことを考えるようになりました。人は外の静まりが内へ忍びこんでくるのを、耳を塞ぐようにしてふせぎながら、自身の沈黙もおそろしくて、叫び散らしているのではないか、と。どこかで何かが停まりかけている、あるいはもう、ほとんど停まっているのかもしれない。

この前の手紙で私が病院の停電の話をしましたら、オスロの地はおりしもストライキ中で、あなたは日本のストライキの、情景を思い出された。打てば響くとはこのことです。あなたの体験されたストと同じかどうかわかりませんが、私もその情景を思い出しました。交通のかなりの部分が一週間にわたり途絶し、駅によっては騒ぎもありましたが、おしなべて人は静かで、たしかに、日常にはない静まりに感じてました。しかしあれは日本の戦後経済社会の、行き詰まりの只中にあったことでした。戦後初めて経済成長がマイナスになり、倒産件数が一万を超え、たまりかねて財政特例法とか称して、二兆あまりの赤字国債が発行されました。既得権に応じて、ばらまかれたのでしょう。

いえ、今年のことではありません。そろそろ二十三年も昔の話です。しかもあの後まもなく、構造不況なる言葉が流布し、構造の改革が焦眉の急として叫ばれ、さまざまな改革案が打ち出され、そして、今日に至る、と考えれば、この「そして」が私などにはどうかして、タイムラグどころか、ブラックホールのように感じられるのです。変動変動と叫びながら芯は停滞、あのバブル騒ぎも停滞の一様相だった、と私は見る者です。乱雑に積み上げられたあげく収拾のつかなくなった瓦礫の塔、その姿はけたたましくても、危機そのものは、静かなのです。

——わたしが希望にむかって耳を澄ますその時、大いなる静まりがわたしにむかって耳を澄ます。

そんな詩の一節を思い出しました。希望と言っても不安と言っても、同じことです。われわれの場合は、お前こそ、なにうろついているのか、という沈黙の返答なのでしょう。

樹の風景

古井由吉様　　　　　　　　　　　　　佐伯一麦

一九九八・七・一六　オスロ

粛々と来て粛々と噪ぐ。私は、サッカーのワールドカップの様子はテレビでも観ませんでしたが、その姿は目に浮かぶようです。

そんな日本人の行状は、オスロでもありました。修道女を採用しない福音ルーテル教会オスロ大聖堂で、朝まだ早きに、地元の雑誌がお忍びで女性のヌードを撮影した。当然、教会側は重大な冒瀆だ、と激怒したのですが、地元紙に拠りますと、その撮影現場に、たまたま早朝散歩へと繰り出した日本人観光客の団体が通り掛かり、尼僧姿に扮していた女性モデルが衣服を脱ぎ出すや、皆手持ちのカメラでしきりに写真を撮り始める光景が繰り広げられた、といいます。やはり粛々と噪ぎつつ、シャッターを切っていたものでしょうか。

滞在予定の一年間が過ぎ、これがオスロからの最終便となります。昨夏は、記録的な猛暑でしたが今年は少々冷夏気味の夏を過ごしています。北欧では、短い夏の盛りにあたっているバプテスマの聖ヨハネの生誕を祝う聖ヨハネ祭（ノルウェーではヨハネがハンスと呼ばれるので聖ハンス祭となりますが）、いわゆる夏至祭の夜には、湖畔や海岸では大きな篝火が焚かれ、人々はその周りで歌い踊ります。また、燃える輪を転がしたり、綱引きや模擬戦をするといった風習もあり、それは轍のように巡り、これから衰え始める太陽の力を引き戻そうとするとともに、夏と冬、善と悪の闘争を象徴するのだといいます。

当地では、まさしく轍の意味でもあるＪＵＬ（ユール）と呼ばれるクリスマスに、豚を食べるのをはじめ、ヴァイキングの異教時代の習慣がキリスト教の祭事と奇妙に混淆しているのが特徴です。キリスト教に改宗した際に、かなり恣意的な解釈がなされたもののようです。

その、夏至の祭りからも一と月が経ち、だいぶ白夜の感じも薄れてきました。どうかすると、もう秋の気配さえ萌していきます。実は、最前に、「早いもので、」と書きかけたのですが、しばらく眺めていた末に削ることにしました。潔癖に常套句を避けて、というわけでもありません。とりあえず、そんな言葉に頼ることで、はじめて事を書き起こすことが出来る、ということもあるものです。ところが、時間の流れを表す言葉をまず置いてみたところで、すぐに実感とは離れてしまい、途方に暮れる心地に襲われました。

最初の手紙に、リルケの『マルテの手記』を引いて、「僕はまずここで見ることから学んでゆくつもりだ」と記しました。けれども、その「ここ」、そして「いま」が流動化してしまうことによる捉え難さに直面させられる日々を送ることとなったわけです。

書くところの言葉は、異国の滞在が重なるにつれ、いわば言語上の兵糧をだんだんに絶たれるのではないか。日本語で物を書く身としては、言語の上でいささか孤絶の形になるだろう、と古井さんがおっしゃった預言が、ボディーブローのように、じわじわと我が身に堪えていくのを感じたことでした。

この一年間、テレビもラジオもないアパートメントの部屋の窓際に、借り物の机を置いて、ずっと書き仕事をして来ました。執筆に倦んだときに、何気なく左手の窓の外へと目をやると、立入禁止区域のそこには決まって一本の高い樹が見えました。思えば、こんな風に、毎日のごとく、窓に切り取られた同じ樹の姿を様々な思いでずっと眺めやったことはありませんでした。窓に切り取られることによって、その樹は外の多くの樹の中でも、特別の対象物となったわけです。近付くことが出来ないので、おそらく楡だろうと見当を付けていたその樹は、来た早々は濃い葉を茂らせていたのが、やがて黄葉して落ち、冬はすっかり裸木となって雪が樹形を型取り、シャーレ（鵲）が宿り木のような巣を作り、五月の訪れと共に、まさに一日で若葉がいっさんに萌え出し、やがて再び縁取りの濃い緑の葉を茂らせ、光が当たっている所は黒々と艶やかに光って見えるようになりました。それほど変化がないときでも、その樹の姿は日々新たに感じられ、自ずから目を惹かれました。梢の上に青空が広がっているとき、私は、ヴェルレーヌの詩篇の中の、

「空は屋根の彼方で
　あんなに青く、あんなに静かに
樹は屋根の彼方で
　葉を揺がす
ああ神様、それが人生です」

という箇所をよく想い出したものでした。ここでヴェルレーヌが見ている空、そして樹木は、同性愛の相手ランボーをピストルで撃って負傷させ、獄中に囚われの身となっている者の眼に映った風景です。やはりここでも風景は小さな窓で切り取られている。二年間の獄中で悔恨と贖罪の思いを綴った、その「知恵」という詩篇の最終節は、確か、

たえまなく泣き続けるお前は
「どうしたのか、そこで

いうがよい、どうしたのか
お前の青春は？」

と結ばれていたと記憶しています。おそらく、前の引用の詩人から神への呼びかけと併せて、神から詩人への問いかけと解するのが正しいのでしょうが、今の私には、作者自身が窓の外へと目を向けている自分の背後に回って、その背中へ声を投げかけているのだと感じられます。私もまた、そんな自身の背中を眺めているような心地になることが屢々でしたから。

異国での目新しい体験よりも、ときに隠遁者の鬱屈が紛らわされるような思いで眺めやった、窓に切り取られた一本の樹の風景から、私はいくらかでも見ることを学び、また死角へと置き残されがちな時間を心の深部で感受したように思っています。

「時」を見る

佐伯一麦様

古井由吉

一九九八・八・七　東京

今年の夏至もとうに過ぎたのでしたね。東京ではその六月の末から猛暑が始まり、七月の十日頃まで続きましたが、それから梅雨に逆戻り、その梅雨明けの宣言されたのがもう八月に入ってからでした。しかしその後もからりとはせず、ただ蒸してます。世の中の景気も思わしくない様子です。

洗礼者ヨハネの誕生の祭日は六月の二十四日でしたか。夏至祭とは、私にとってかねてから、なかなか思い浮かべにくいところでした。冬至祭ならば、死してのち蘇るの、陽の復活の兆しの、希望の祭りと受け止められるのですが、夏至には人は何を祭るのか、何を求めるのか。水辺で篝火を焚いて歌い踊る、なるほど。燃える輪を転がす。そう言えば、円に十の字の、あるいは車輪のかたちの、太陽の象形がゲルマンの信仰にはあったようです。衰えそめる日輪への愛惜でしょうか。いや、愛惜というほどには、まだ、しおらしくもない。陽の力はいまや人の内においても、まさに闌（たけなわ）です。綱引きや模擬戦をするのだそうですね。太陽の勢をおもむろな下降から、力ずくでも引き留めたいという心なのでしょうね。しょせん徒労と知るからこそ、熱烈になる。真紅に燃えて回る車輪の死を想った、近代の詩もあります。

日々に同じ情景、しかも窓や路地によって狭く区切られた情景を眺めて暮らした時期が、私にも幾度かありました。単調きわまる眺めであるのに、つねにあらたまるその印象に驚かされることもあれば、揺り動かしようもない反復感にうなされ、あげくにはもはや情景でも風景でもなく、ただ「在る」に、あらわな「在る」に映って、俺がなくなっても、これは残るぞ、と呻くこともある。そのとき人は、時を、眺めているのではないでしょうか。

しかし、時を眺めるということは、じつは尋常なことではないように、私には思えるのです。尋常には、人は時を眺めたりはしない。時ではなくて、時間を見ている。時間とは営為のことです。来し方行く末を打ち眺めると俗に言われるのも、自分の人生がひとすじの流れと感じられる時に動く詠嘆の念のことかと思われます。

　それでも人はときに、たとえば一本の樹を、しばし眺めたきりになる。前方のけはいをうかがう動物の眼と、根本は変わらぬはずの構造の眼でもって。動物にとって、見ることはすでに行動の始まりです。見ることは、彼らにとって、すでに「時」なのです。見る瞬間、「いま」と「ここ」が、生起する。ところが人間の「眺める」はどうかすると、「いま」と「ここ」を失わせる。あるいは、前方を失うと言ってもよい。前方にはたしかに一本の樹がある。しかしそれは自分の行動あるいは願望の、前方ではない。

　その時、初めて、時が見える。なんだか、同義反復のようで、おかしい。しかし、仮にそうしておきましょう。その時——また「時」が入りました——見えるのが、あなたが言われたように、自分自身の背中なのでしょう。時が見えると、なぜ、自分の背が見えるのか、これはなかなかむずかしいところです。人はそれでも前方を見るようにできている動物であり、前方が前方でなくなると、眺める自身の背後へ回りこむよりほかに、なくなるということでしょうか。

　見ることによって、「いま」と「ここ」が、極少の創世のごとく、生起する、とそのような「見ること」をまず学んでいくつもりだ、とマルテは言っているのでしょう。しかしリルケ自身のことになると、あんがい、自分の背を見ることから始めなくてはならない、だったかもしれません。

狂った囚人たちを収容した施設の壁の外で囚人たちのために祈る詩が、リルケにもあります。囚人たちにとって、時間の尽きることを、祈るのです。時間の尽きたところから、時が生じる、という意(こころ)でしょうか。

洗礼者ヨハネの誕生の祭日が夏至祭に重なるのだそうですが、そのヨハネの斬首の日が、八月二十九日だということです。その頃にはスカンジナヴィアの空に、陰(いん)の気がだいぶまさるのでしょうね。ヨハネについても哀悼の祭日があるのでしょうか。あるとすれば、人々はついふた月前の祭りの熱狂を思い出して、年々のことながら、うなだれる。そうでなくても、天が重くなるにつれて、街を歩いていても、おのずとうつむきがちになるものです。しかしその頃にはもう、オスロの地を離れておられることでしょう。さて、帰国なされて、

——先送り送る先にも事欠けり

そんな狂句を近頃見かけました。それに下の句を付けて、

——祭りはしゃぎの日々にかしまし

見ることを学ばなくてはならない。私もひきつづきそうなんですが、眼を病んでから、あまり眼にたよらずに、という要請がつけ加わりました。

見ることを学ぶ

古井由吉様

佐伯一麦

一九九八・八・二九　仙台

午過ぎに、散歩に出かけると、近所の家の椿の垣根の隙間から、一瞬、白い花が目に入りました。思わず立ち止まって覗き込むと、縁先に置かれている鉢植えの夕顔（夜顔）の花がすっかり開いていました。

今年、東北では梅雨が明けませんでした。その少し前まで梅雨の切れ間の日射しが照っていたのが、再び曇天に変わってしまったので、花が夕暮れ時と錯覚してしまったものでしょうか。

帰国して一と月になりますが、まだ、神々の杜（オスロ）の、冬と死との神の谷（ウレヴォール）の、アパートの窓辺に立っているような、空間ボケと時差ボケの心地がしている我が身に、ふさわしい花の眺めとも感じられました。口を衝いて出たのは、花まで時差ボケしてやがる、という悪態でしたが。

梅雨蜩のままでいる蜩も、どこか躊躇いがちにですが、小鈴を振ったような啼き音を、それでも必死に立てているかのようです。花も焦って早咲きしている。先が見えずに、かしましくしているのは、何も我々人間ばかりではないようです。そして、季節もまた時間に属する事柄だからでしょうか、まぼろしに終わろうとしている夏にあっては、季節の流れも失われるので、やはり時間ではなく、時を眺めることとなっているようです。

帰ってきた仙台の自宅は、オスロへと旅立つ直前に転居したので、まだ引っ越し荷物の荷ほどきも済んでおらず、そこへさらに一年分の郵便物の山と旅の荷物も加わった恰好で、雑然さを極めているといった状態です。

段ボール箱の山を崩しながら、ともすれば、簡略に済ませた一年前の引っ越しの時間に直に繋がってしまいそうな気にさせられます。一年間の時間と空間が我が身から零れ落ちてしまうことなど容易いものだ、と改めて感じ入らされるのと同時に、居に慣れていないので、夜中に電気のスイッチの場所を探したりする度に、壁のだいぶ上の方を手探っている己に気付くと、どこか他人の家にお邪魔しているような、そして我が家はまだ彼の地にあるような思いに捉われます。

　来し方行く末を打ち眺める時間を失ったところにも、あんがい行住坐臥の仕草だけは残るものなのかも知れません。限定された日常の時間の中での苦の反復感を描いた私小説が、時に永遠の相のもとに時の生起を映し出しているように見えることがあるという機微も、このあたりに根ざしているとも思われます。

　ところで、眼にたよらずに、見ることを学ぶ、ということでは、私もこんな経験をしました。オスロに滞在していた間に、地元のオスロフィルハーモニーオーケストラの演奏会をしばしば聴く機会を持ったのですが、それらのプログラムの中でもとりわけ現代音楽の音型のようなものが見えてくるのを感じたのです。私は、元来、ごく一部のものを除いては現代音楽を聴く耳を持たない、と思い続けてきたのですが、無調の響きの中から、切れ切れに、ある旋律を為す以前の音が、しかも得心の表情さえ見せて浮かび上がってきたのでした。

　最初にそれを感じたのは、武満徹、一柳慧、それから若手の細川俊夫といった日本人作曲家を特集した演奏会でしたが、その後のオリヴィエ・メシアンのときにもやはり同じ感想を抱きました。それに比べると、一番楽しみにしていた後期ロマン派のブルックナーの交響曲八番も、日本で聴くのとは違って、かなりローカル色を帯びて聞こえて来ることに首をひねらされたことでした。

ベートーヴェンはもとより、モーツァルトでも、いやバッハにいたっても、異国に滞在している身には、聴くのがちょっとしんどい。ところが、それまで敬して遠ざけていたはずの調性の無い音楽が、なぜか身体に馴染んだのです。それはいったい何故だったのでしょう。

今住む自宅は、標高九十九メートルの小高い山と言うよりも丘陵地といった方がふさわしい高所の頂上に立っている集合住宅の一階で、地盤の下には活断層が走っています。先に触れた事情から、ステレオもレコードもまだ取り出していないので、音楽に対する耳の変化はまだしかと確かめることが出来ないでいるのですが、少し前まで、早暁の目覚め時には、鶯の啼き音が聞こえていました。それがやや調子が外れて聞こえたものか、寝覚めの際(きわ)に、オスロで聴いた夜鶯の啼き音と混同していることもありました。

今は、ようやく取り敢えず確保した仕事場の窓から、建設中の二十階ほどの高層ビルの上にクレーンが二基見えていますが、先刻からいっこうに動く気配が起こりません。普請の鎚音もここまではのぼってきません。今日はヨハネの斬首の日だそうですが、季節の定かでない、重い曇天が、東の空に相変わらず垂れ込めています。

無調の実相

佐伯一麦様

古井由吉

一九九八・九・七　東京

たしかに、今年は春さきから花が先を急いでいるように見えました。なぜ急ぐのかを訝っていたら、梅雨の間に盛夏の猛暑が来て、盛夏はまるで梅雨時のようになった。それでも植物はまだ先を急ぐようです。季節の「順」すら破れかけているのだろうか。その中で遅れて咲く夕顔もある。もっとも、これは朝顔のほうですが、荒涼とした秋の野の、野分に吹かれる絵図を、吉野の山の寺院で見たことがあります。おそらく品種改良以前の、夕顔ほどの大きさの花でした。

オスロの郊外、冬と死との神の谷から、仙台の郊外、秋にも鶯の声の聞こえる丘の上へ、うむ、絶妙な逃走経路だ、などとつぶやきました。逃走は、ないでしょう。移動とぐらいにしておきます。しかも、一年前に引っ越したばかりに、荷もろくにほどかず、スカンジナヴィアへ高飛びしたとは。これでは住まう心から、一年の時差が飛ぶのも、しかたがない。しばらくは自分にたいして鷹揚に、飛んだままにしておくのも、一興でしょう。「飛ばし」の始末のつかぬ世の中でもあります。

――未進(みしん)の高のはてぬ算用　芭蕉

驚くなかれ、私などは、もう二十年近くになる今の住まいの、電気のスイッチのありかを夜中にひしひしと探っていることがあります。この集合住宅にはもう三十年も暮らしているけれど、このコンパートメントに移ってきたのは、七年前なので、とさらに錯誤をやらかす。去年兄貴が死んでから、今年でちょうど三年目の、逆になりますか。未進の高は私にとってもすくなくないようです。

日常の時間の中での苦の反復感が、時の生起を永遠の相において映し出す、と。これと平行(パラレル)になるかどうか知りませんが、日常をできるだけ簡素に倹(つつ)ましく、無用な掛わりあいを避けて、戦々兢々薄氷を踏む――これは本来、恭順の念の最たるものを表わす言葉です

——そんな思いで大切に取り扱う、その結果がかえって、それなりに透明になった日常の底から、永遠の相とは申しませんが、日常の時間からはとても理解も始末もならぬ、気味の良くない「時」が、「いま」と「ここ」とが、何かにつけて透けて表われることになる、ということもあるようです。人は四十の坂を越えれば、これまで多難であったにせよ、比較的無難であったにせよ、これからこそ一寸先は闇であるにせよ、ひとまずは「破滅」を免れた生き心地になり、日常を以前よりは大事にする。当然のことです。しかしその果てに、どんな現実非現実が素顔を剝くか、わかったものではない。いや、それに面と向かう胆力さえあれば、「まじめな」生活こそ、生きて在ることの素面に出会うための直路直径ではないか、と言えるほどのものです。

人の声があらためて聞こえてくるのは、人心地のついたしるしだと言われます。もちろん、時と場合による。それに、何を以って人心地と称するか、むずかしい。

今まで聞こえなかった音が聞こえてくるのは、心の内のどこかがどこかへ向かってひらいたしるしだとも言われます。もちろん、ひらくは破れる、解体の場合もふくむので、かならずしも自分からすすんで、求めるところでもありません。

しかし、苦手と取っていた現代音楽の、無調の響きの中から音型が見えてきたとは、やはり何事かなのでしょう。泰西に滞在中は、ベートーヴェンはもとより、モーツァルトも、いや、バッハに至ってさえも、聴くのがちょっとしんどかったとは、私も旅行中、土地のコンサートをのぞいて見たいと頭では思いながら、その日程をおのずとはずしはずししているような自分に気がつくことがありました。無調の反対物を表わす言葉を知りませんので、その一端を掠めて、仮に「構築」としておきます。あまりにも構築的なものに、滞在の日の重なるにつれてアテられて、つねに宿酔気味だったのではないでしょうか。ところがとうとう往生するような気持でコンサートの席に就くと、バッハはもとより、モーツァルトも、いや、ベートーヴェンすらも、これまでよりも、無調のところが下地として聞こえてくる。おそらく、音をいったん無調へ戻して聞く、「聞く耳」をいつか持った、ということだと思われます。音楽を聞くよりも前に。さまざまな物にまで及んで。

さて、耳の変化は、ささやかでも、始末が大変です。時差などと言って、トボけていてはくれない。あらゆる物に、無調の実相を、存在を、聞き取ろうとしかねない。無調が調へ転ずる境こそ時の生起するところであり、これは目では見えない、と耳が主張するかもしれない。いや、調が無調へ還るところに、「いま」と「ここ」とがある、などと。

窓の外に見える二基のクレーンはまだ音を立てずにいますか。立たぬ音にこそ、人は聞こうとするようです。

クレーンの微動

古井由吉様

佐伯一麦

一九九八・九・二四　仙台

去る朝方、ひさしぶりに持病の喘息の発作を起こしました。とはいえ心配はご無用です。幸い小発作で済み、落ち着くと、秋が実感されました。少々困ったことながら、ここ数年は、こうやって季節の移り変わりを、肌で、ならぬ気管支で、感ずるようになっています。

東北地方の太平洋側は、山背の影響で薄曇りの日が多く、低温続きだったのが、その朝は秋空に変わって、ひさしぶりに青空が広がりました。ベランダの柵に蜻蛉がとまっているのを見て、失われていた季節感がいくらか戻ってきたらしい、と感じました。それは、微かながら、人心地の付いた時間の味だったのでしょうか。しかし、次の刹那には、蜻蛉に見られている自分を見て、周囲の風景と共に、「いま」と「ここ」が、立ち処に消え失せてしまいました。

「未進の高」と言われて、真っ先に思い浮かべてしまうのが、小生などの年頃では、住宅ローン等の返済となるのは止むを得ないことでしょう。もうこれ以上金利が下がることはあり得ない、そろそろ経済の回復の兆しが見えてきたという世間一般の見方の中で、しかもゆとり返済などと言って、最初の五年間の返済額を低めに抑えて組んだローンが、今年あたりから六年目に入って返済額が跳ね上がり、賃金が相変わらず横ばいあるいは右肩下がりの現状の中でどうやって工面するかに頭を悩ましている同輩がずいぶんと多い、手放さざるを得ない者もいる、と異国でも風の便りに聞いたものです。訳あって、小生が返済しているのは自分が住む住居とは異なりますが、これだけは鷹揚に、飛んだままにしておく訳にもいきません。

しかし、これは、「ゆとり返済」なる甘言に乗って負担を先送りにした自業自得だと言えますが、帰国してみると、さらに「ブリッジ・バンク」に代表されるような言語欺瞞に満ちた言葉が日本中にあふれていました。おそらくこれも、かつての財政特例法と同じく既得権に応じてばらまかれることになるのでしょう。そして、いままた、新たに既得権を主張する声がしきりと耳につくようです。反復の苦い味を覚えます。

以前古井さんが、二十三年前から、変動変動と叫びながら、芯は停滞、バブル騒ぎも停滞の一様相だった、と看破なさいましたが、確かにバブルの時期に大企業の下請け、孫請けにあたる電機工場で製造工をしていた頃を思い返すと、景気の好調ばかりが世間で叫ばれる中、残業仕事に追いまくられながらも、実際のボーナスは基本給の一月半の支給がやっとでした。銀行に勤め始めた娘のボーナスよりも手取りが少ない、と勤続三十年になる熟練工がぼやいていたものです。バブルが弾けたとは、実は、ある既得権の行使が立ち行かなくなっただけのことではないか、と思われる所以です。

さらに話を文学へと繋げれば、いまこうして私と古井さんとの対話が、世代を超えて、曲がりなりにも成り立つのは、互いに既得権のようなものを表現の拠り所にしていない、という一点に尽きる、といえるほどではないでしょうか。

さて、クレーンですが……。最近は、その起動を眼にすることが出来るようになりました。

一日の作業の仕舞いには、古井さんの御作からクレーンの語源だと知った鶴（クレイン）の首を想わせる細く伸びた腕（ジブ）が、二基とも決まって左斜め上四十五度の角度で天を指呼する如く平行になった状態で据え置かれ、その先に巻き上げフックが垂直に下がります。

異国から持ち越した習いで、夜明け前に起き出し、窓の外の気配に何気なく目を遣りながら、仕事をしていると、平行を保っていた二機のクレーンの腕が、わずかにですが間隔を狭め始めます。それは、注視していなければ判らないと思われるほど静かな起動です。静まり返った会場で、静かに指揮者の指揮棒が振り下ろされ、最弱音で弦が奏で始めるのを聴く、という趣もあります。

一昨日の朝までは、朝の八時を回ったばかりだった仕事開始が、彼岸も過ぎて、工事もそろそろ追い込みに入ったというところか、今朝は七時半と早まりました。仕上げ工事も始まったらしく、一昨日の夜も、遅くまでビルの内側に明かりが灯り続けていました。

いまでも、ああした大きな工事現場では、朝の体操や、安全確認のための朝礼なども行われているのだろうか。「指出し　声出し　安全確認ヨシ」「するな　させるな　見のがすな　不安全行動」そんな標語を復唱させられ、今日一日の作業工程が確認される。仏頂面でそれらをこなし、ヘルメットを被り直して、仮設のエレベーターに乗って屋上まで上がり、クレーンの操縦席に着く運転士の姿を思い浮かべた途端、

――それにしても、ずいぶんと煽ってくれるじゃねえか。

と毒づく呟きが聞こえました。そのとき、「私」は、窓の内にも、窓の外にもいたようです。

クレーンの腕、小型のそれはまたブームと呼ばれることもあります。にわか景気を意味するブームと同じで、ブーム・アンド・バスト（boom and bust）は、不景気の前後に起こる一時的活況を意味するなどと思いながら、すでに停滞の兆しが見えていた頃に土建の末端にいた私は、クレーンの微動を見つめています。いや、聴いています。

言語の不全について

古井由吉

佐伯一麦様

一九九八・一〇・一〇　東京

今でも大きな工事現場では朝礼と朝の体操をやっているようです。病院の五階の窓から毎日、それを眺めました。新しい病棟の普請です。ある日、むかいのベッドの男性と並んで窓辺に寄ってました。眼科の朝の診察はずいぶん早くて、いましがた済んだところです。その男性は再手術でしたが、今度も《やっぱり》結果は思わしくなかった。医者に、わたしなら新しい技術が開発されるまで五年十年このまま待ちます、といわれてきたそうです。そんなことを話すうちに、右眼をガーゼで塞がれた者どうし、言葉も尽きて、晴天の作業開始前の工事現場を見おろすばかりになりました。と、男性がつぶやいた。

──人がすくなくなったねえ。

それだけで話は通じました。ゆるゆると朝の体操を続ける作業員たちのことです。これだけの規模の現場に、おかしなものを引き合いに出すようですが、近頃の小学校の一学級分ほどの人数しかいない。その男性は停年までにまだすこし余すという年齢で、建築関係の人ではありませんでしたが、そのつぶやきには哀しみがこもりました。

あの時にも、知って眺めていれば、私たちの窓のすぐ外、ちょっと仰ぎ見る高さに二基のクレーンが、昨日の工事の仕舞いのまま、長い腕を平行に、斜め四十五度に天へもたげて、今日の開始を待っていたのでしょう。

あのクレーンの長い腕を、ジブと呼ぶのですね。ヨットのジブ、船首のほうへ張る三角帆、に通じるのでしょう。ジブはまた動詞として、馬がしりごみして前へ進まなくなった状態を、そう言うそうです。

クレーンの小型の腕はブームとも呼ぶそうですね。ブームはぶうん、大砲などの低い轟き、そして株などの急騰、にわか景気をあらわす。ブームという言葉そのものがとかくバスト、からさわぎ、破裂、破産の意味を招き寄せる。どうも、言葉に復讐されているようです。

クレーンには罪はなく、ときには「崇高」な姿にすら見えるのですが。

「ゆとり返済」とはよくも言ったものです。今年で六年目に入り、返済額が大幅に跳ねあがる。しかも購入した物件もまた大幅に、その間に値打が下落している。働き盛りの中年者たちの気力体力をすっかり削ぎかねない。ところで、この形の住宅ローンを発案した時の宰相は誰でした。現在、平成の高橋是清と称して、担ぎ出されたその人ではありませんか。アブクのはじけたばかりの時に、ローンの返済額を五年も低く据え置きさえすれば、あとは「ブーム」の風が吹いて、借金の山は野となれ、すっかり「しあわせ」になるとは、まさにバブル氏の面目、今でも変わりはないようです。

オスロから帰国されてさぞや言語欺瞞の蔓延に、あらためて驚いておられることでしょう。しかし言語はいまや欺瞞どころか、不全に瀕しております。たとえば、大量の公金を注入しなくては立ち行かなくなった銀行の状態、これを何と呼びますか。「破綻」が常識に適った語彙でしょう。ところが「破綻」には法律的にもっと厳しい定義があるのでそれとの混同を惧れると称して、この言葉を避ける。それでは、その状態を一義に表わす別の語彙を用意するかと言えば、平然として欠いたきりでいる。「破綻前」としか言わない。

ならば、その「前」とはどの程度逼迫した「前」であるのか、それこそ問題であるはずなのに、これを明瞭にすることも、慎重に避ける。そんな「破綻前」なら、わたしも同様です、と笑っていた人もありました。

ナナシノゴンベ、ゴイナシゴンベです。こんなゴンベで国の大事が論じられ、投入する公金の額が三十兆、四十兆、五十兆と、根拠もないままに膨んでいく。そらおそろしいことです。

時間が病んでいると、ある時、思いました。言語の不全は、時間の不全でもあるのではないか、と。「破綻前」の「前」は、逼迫の程度の問題だから、時間の事柄です。ところが、「まだ」なのか「すでに」なのか、それがつねに踏まえ損ねられている。長い停滞の末に、ヒズミの限界に来た事態のほうがひとりでに動き出した。人はそれに感じて危機を叫ぶ。両手を前へ伸べて叫びながら、しかし両足はいよいよ硬く、停滞の時間に留まっている。私自身にとっても、難儀な課題です。

平行を保っていた二基のクレーンのジブが、わずかに間隔を縮めはじめる。その静かな起動が、あるいは均衡の解崩が、われわれの内でも、それぞれに起こっているのではないか。

騒々しくしているようでも、われわれはいま、おのずと静かなのではないか。

散歩の老人

古井由吉様

佐伯一麦

季節のない空をクレーンが吊っている

一九九八・一〇・二七　仙台

そんな自由律めいた戯れ句を口ずさみながら、相変わらずクレーンの起動を眼にしつつ仕事をしています。作業が盛んなときには、二機のクレーンの腕（ジブ）が交差したり、垂直に天を指すほどの角度まで振り上げられたりと振れ動きます。それは無音の舞いを見ているようでもあり、世間に探りの釣り糸を垂れているとも見えます。ブームの一振れに、吉か凶か、回復の兆しか、それとも単なる空元気か、と占う心にもなります。やはり人手が少ないようで、工事は遅々とした進展のようですが。

　九月に東北地方には珍しく立て続けに二度ほど台風の直撃を受けた後は、山背が追いやられたようで、東雲に紅の色が射す朝を迎えることが多くなりました。しばらく前までは、近くの生け垣の金木犀の香がしていました。

　この土地に移ってきてから、毎朝夕、近くの寺の石段を上り下り（正確には、下り上りですが）するようにしています。

　当初のうちは、朝食前の早朝に一と汗掻くようにしていたのですが、その時間は、色とりどりの妙に若やいだトレーニングウェアを着て、あまりにも剝き出しに健康を誇り快活そうな中高年者たちの姿が目立つので、遠慮することにして、通勤通学の人影が消える頃を待って散歩に出かけるようになりました。

　わずか九十九メートルの山といっても、その山頂から麓までずっと続いている急な石段を上り下りするのは、結構な運動になります。最初は、一往復こなすだけでも息が切れましたが、今は二往復しています。参道の両脇には、老松が鬱蒼と覆い被さり、なかなかに風情があります。藩政の頃には、壮麗な仏殿をはじめとした二十余もの堂塔を数え、黄檗宗日本三大叢林の一つに数えられたということですが、そのようすがは惣門と長い石段にしか残されておりません。けれどもその寂れた感じが、小生などはなかなか気に入っています。

その人目を避けたはずの散歩でも、見知った顔に出会うことがあり、先日は少し不思議な印象を抱かされる年配者を見かけました。年は七十過ぎで、こんな時間に散歩をしているのですから、どこかの楽隠居と見える年恰好なのですが、革靴履きで、ズボンの裾をまくり上げ、黄色いTシャツを着ている、という出で立ちがやや異様でした。そして私が、石段の奥行きが結構あるので二歩ずつ刻んで歩くところを大股で一歩でぐいぐいと歩んでいく。心持ち顎を引いて、口をへの字に結び、鋭い目をわずか前方に据えた硬い表情を崩すことなく。息の乱れも感じさせないほどに。

私が途中で休んだり、鵯（ひよどり）や百舌（もず）の高啼きの声に誘われて参道脇の雑木林の方に立ち入ったりしている間に、その年配者は、五往復ほどはしたようでした。途中、擦れ違うときに、軽く朝の挨拶の言葉をかけると、予想通り仏頂面のまま無視されました。その後、後ろを追う形で、下っていくと、年配者は惣門の前に止めてあった黒塗りのハイヤーの運転手が恭しく開けた扉の中へと消えていきました。

おそらく、しかるべき会社の重役クラスの人だったのだと思われました。会社では、経営者としてあるいは生産者としての立場上、内需の拡大を求める弁説を張ることでしょう。しかし私は、現役としての身体の動きの闊達さは保たれていても、芯は拒絶の底へと瘦せ細っており、おそらく他人の姿など目に入ってはいない、そんな分裂した印象を受けました。そして、いつかの一時帰国の際の飛行機で相席することとなった男性の拒絶反応を、また思い起こしたことでした。

先日タクシーに乗ると、まだ二十代と見える運転手が、駅の構内で客待ちしていると、職安まで行ってくれ、という中高年の客ばかり多くて困ってしまう、とぼやいていました。メーターにして一つ上がるかどうかの距離であり、バス便もあるところです。職を探すという立場になっても、なかなか、それまでの習慣を変えることは難しいということでしょうか。それともまだまだ、本当の危機は先にあるのでしょうか。

そんな思いに耽っていると、若い運転手曰く、「このままじゃ共稼ぎやってても結婚なんかとてもできないっすよ」。長距離トラックの運転手だったのが仕事が少なくなって辞めさせられ、タクシー会社に転職したそうです。彼女のことに水を向けると、満更でもないようなことをいって惚気るのですが、結婚は今の給料では無理だと釘を差されているとのこと。そんなことといってても子供でも出来たら、と言いかけると、そんなこと絶対考えられないっすよ、だめっすよ、と一転して拒絶的な口調になりました。

それでも出来てしまうときは出来てしまうものだが、と言い出しそうになるのを心の中に押し止めながら、どうやら男と女の関係も、この時代、随分と様変わりしているようだ、つましいほどの生活の夢もなかなか抱けなくなっているらしい、と物書きの端くれとしては、深く考えさせられました。

無為について

佐伯一麦様

古井由吉

一九九八・一一・四　東京

その高齢の男性は、社長とか会長とか呼ばれる身分の人ではありませんか。ただの重役では、いくら重きをなしていても、石段の下にハイヤーを待たせておいて、そんな朝の御鍛練とは、やはり外聞の憚られるところではないでしょうか。それに、黄色いTシャツとは。

色からの連想ではありませんが、私にはどうも、通行止とか立入禁止とか、オフリミットの標識を想わせます。この若々しい、少々子供っぽい委細御免の札を表に立てかけておいて、この男性、見かけによらず、心の内では日に一度だけ、自分に寛いでいるのかもしれません。長い石段を押しあがり駆けくだり、わずか前方を鋭く見据えた硬い表情の下で、この時ばかりは会社もなく世間もなく、若くて気ままだった頃に馴染んだ唄などをひそかに口ずさんでいるのではありませんか。というのも、この男性の連日の労苦として、私はどうしても、金策を想像してしまうのです。

そうかと思えば、職安の近くの公衆電話にかじりついて、脇からのぞけば手帳にいっぱい貼りつけたのが、求人の「情報」の切抜きらしい。それを手に片端から電話をかけまくる中年の男性を目撃した人があります。あの癇の立った声では、門前払いだろうな、と目撃者は我身にも思い合わされるところがあるらしく、暗然とした顔つきでつぶやいていました。失業してまだ日の浅い男性だったのでしょう。

大兄も小生も、専業の作家というものになってからは、幾分か、失業者の顔をしているはずなのです。仕事関係の人と会っている時には、それは出ません。しかし朝の散歩の時はどうですか。朝の通勤通学の波の過ぎた頃に出かけられるそうですが、私の場合は、正午前の一時間ほどになります。もう三十年近くの習慣です。初めの頃は幼稚園へ通う前の子供の手を引いていました。

あれは四十代のなかば頃でしたか、その時間に電話をかけてきた私と同年配の編集者が、「散歩に出かけております」と私の家の者に言われて、午後からかけなおした電話のついでに、「散歩という言葉を、ひさしぶりに耳にした」と感に入っていました。世間とかけはなれた暮らしをしているんだ、と私はあらためて自分の境遇を思いました。何にしても、人が朝早く出かけて、ひとしきり働いた後、昼の疲れの出る頃に、起抜けの顔をして、閑散とした正午前を、一人ふらりふらりと歩いているのですから。私にとっては、一日の労苦の始まる前の、気の重い時刻ではあります。しかし、歩いているかぎり、それは失業者の無為にひとしい。

平成の世に入った頃からでしょうか、散歩中においおい、退職者らしい姿が私の目につくようになったのは。私自身が年を取って老年の姿に目が行くようになったこともありますが、この「泡」の時代は人手不足に、人手余りもすでに同居していたようで、停年後の再就職が以前よりはむずかしくなっていたらしい。しかし私はまだ、停年の年よりもよほど若かった。ふらりふらりと、気持の上ではそのつもりで歩いていても、停年の人たちにくらべれば、どうしても足が速い。停年の心境に、これがどう映っていることやら、あれではまるで仕事へ急ぐ足取りではないかと呆れて眺められているのではないか、そう思うと気が引けて、そういう人たちに出会いかけると、道を避けるようにしました。

しかし失業者はある時期まで、人よりも、つい速足になるそうです。

そして去年あたりから、とくに今年の春からはっきりと、午前に散歩する高年の男性が増えました。停年退職らしい人が多いが、停年まではまだ年を余すと見受けられる人もいる。中年の盛りの人もある。そういう中年の域の人たちはしばしば競歩のような勢いで歩いたり、かなりの速さで走ったり、「苛烈」なような鍛練ぶりなのですが、どうも長続きはせず、やがて姿が見えなくなる。再就職が決まったのなら、さいわいです。

それよりも目を惹くのは、公園や並木道のベンチに坐る中高年者たちの姿です。静かに、ややぼんやりと、寛いでいる、と眺めれば眺められる。しかしよく見れば、放心の顔をしていても全身に、知らず識らずのうちになのでしょう、緊張がこもっている。あたかも無為にじっと堪えているかのように。大兄や小生は無為というものになしくずしに馴染んでいますが、慣れぬ人にとって、無為が多忙の反転したような、動かぬ嵐となって、吹き寄せる時があるのではないでしょうか。

明日から今年三度目の入院となります。これはもう、仕上げのようなものです。患者が張り切っても仕方ありません。これこそ、無為に入ります。朝ごとに、東雲を眺めることになるでしょう。

鉄塔の下

古井由吉様　　佐伯一麦

一九九八・一一・一九　仙台

今朝、起きてみると、仙台の街はうっすらと初雪に覆われていました。寝ている間の夜半に音もなく降っていたのでしょう。水平線のわずか上に、横にたなびいている東雲から、濃い橙色の太陽がのぼろうとしています。が、一瞬その顔を見せたと思ったのもつかの間、すぐにさらに上空の厚い雲の中へと再び消えてしまいました。

病院の窓辺に立つ古井さんの姿を想いかけましたが、無事に手術も済んで既に退院なされていることだろう、と考え直しました。

正面に見える建築中のビルは、ようやく屋上まで立ち上がったらしく、クレーンは一機となりました。エレベーターの機械室や高架水槽を収める塔屋の建設材料を吊り上げているものか、忘れた頃におもむろに起動しています。

先日の散歩の老人に対する古井さんの想像を読んで、さもありなん、と深く頷かされました。あれから、やはり小生が何とはなしに顔を合わせることを避ける気持ちで、少し時間を変えたせいもあってか、出会ってはおりません。しかし、それまでの度々の擦れ違いの際に、見かけるようになって日が浅い小生の方が、散歩の初心者であることを老人に見抜かれていたのは確かであったように、今となって思わされました。

近頃めっきり見かけなくなったが、あのにわか鍛錬ぶりでは、やはり長続きしなかったか、と思われているやも知れません。

散歩の無為にじっと堪えているといえば、小生も十年ほど前、三十を前にした年頃で、身体をこわして自宅で静養していた頃に、幼い娘二人の手を引いてその頃住んでいたアパート近くの多摩川べりを歩いていました。今では前妻となった人は、生まれたばかりの末の息子の病気に、一緒に病院に泊まり込んで付き添っていました。小説は発表しはじめていましたが、むろんそれだけでは喰えなかった時期です。日々の糧を得ていた職場も失業保険が下りるような所ではありませんでした。

お決まりのようにして、審査が緩やかなかわりに利息が高いローンを借りてしのぐことになりました。条件を認めて借りているのだから、文句は言えず、かえって有り難くさえ感じられたものです。幸いまだ活力は残っていたのでしょう、葛西善蔵の小説『子をつれて』にある三百代言ならぬ、取り立て屋に追われることもなく、何とか乗り切ることが出来ました。今では、よくぞ、とても信じられない思いがするほどです。性欲も捩(ねじ)れていたようで、自分が抱かれているという痴夢をよく見たことだけは覚えていますが。

　無為の反復に耐えきれない、ということでは、今でも同じなのかも知れません。散歩をはじめたばかりの頃にも、いつもの石段の散歩コースから、つと脇の雑木林の斜面の方に足が向かったことがありました。それが、すでに、散歩の初心者の徴(しるし)であり、小児返りの心も萌していたのでしょう。子供の頃に遊んだ記憶があり、懐かしい馴染みも覚えた場所でした。ところが、すぐに藪漕ぎをしながら進む羽目に陥り、往生させられました。

　冷涼なオスロの森の散歩では、少々脇道に入り込んでも下草はあくまで低く、見通しを誤る心配はありませんでした。けれども、なるほど日本はそれに比べて高温多湿なので、藪が丈高く繁っているわけだ、と改めて思わされました。まだ地理呆けも起こしていたのでしょう。

　それでも、引き返さずに、ムキになったように背丈よりも高い草を掻き分けながらずんずん山懐へと入っていくと、いつしか山のてっぺんにいつも見慣れているテレビ塔も隠れてしまい、下界の車の音もすっかりかき消えて、居場所がまるで摑めなくなりました。もちろんクレーンも目に入らず、頭上を鳶が輪を描いて飛翔しているのが見えるばかりです。俺は、わずか九十九メートルに過ぎない山で遭難している、と苦笑が洩れましたが、それはまだ余裕があってのことではなく、実に途方に暮れたときのそれでした。昔の悪童共ならいざ知らず、今はこんな山菜や茸も採れないような中途半端な雑木の林にわざわざ踏み入る者もいないのでしょう。朝夕の、夕の方の散歩だったので、日が落ちるのもまもない、と思われました。

そんなときでも、役に立つのは、長年馴染んだ職業上の知恵だというのでしょうか。頭上に、細い線が見えていることに気付き、高圧線だと知れました。それを目印に辿っていく限り、高圧線の鉄塔に出られる、そこには保守管理のために訪れる人のつけた道があるにちがいない、と考えました。

ようよう、思惑どおりに鉄塔の下に辿り着き、そこに色褪せたどぎつい女の裸の写真が見えている雑誌類が散乱しているのを薄暮に目にしながら、人心地をついたという次第です。狼狽ぶりをあらわすように、散歩のときにいつも首に巻いている汗拭き用のタオルは、どこかに置き忘れてしまっていました。

今、麓から山とも言えないような丘陵を見上げる度に、あの辺りで勝手に彷徨っていたのか、と呆れ果てております。が、それと同時に、ノルウェーで繰り返し読んだ本のことが頭に浮かびます。それはシュティフターの『水晶』で、私は、仕事以外の本では『マルテの手記』とその文庫本の二冊だけを旅の荷物に入れておいたのでした。

あの美しい風景描写にあふれた物語の中に秘められていた恐怖を、今になって反芻しています。

静止の情熱（パトス）

佐伯一麦様

古井由吉

一九九八・一二・七　東京

職業人の大半が、一定の時刻に一定の場所に出勤して、一定の時間働いて、それを日々反復して生活の資を得る、という「制度」がおおよそ定まったのは、いつ頃からのことだろう、かなり古いことなのか、それとも、しょせん新しいことなのか、とある席でたずねてみたら、やはりその事に関心を寄せる人がいて、日本のサラリーマンの、全就労者にたいする比率は昭和十年で十パーセント、二十年で二十パーセント、三十年で三十パーセント、それ以後も十年で十パーセントずつ増えている、という統計を教えてくれました。現在は昭和にすれば七十年代になりますので、七十パーセントという勘定になるわけで、あんがいにすくないようにちょっと聞えるけれど、それはサラリーマンに囲まれて暮らす感覚であって、じつはもはや度を越して高い。限界域まで来ていて、すでに自己崩壊が始まっている、とその人も見ていました。

日本の企業の大半という以上の数が今年度末の決算では赤字の見込みだということは、伝え聞いておられると思います。不況のせいだと言われる。しかし赤字企業が半数、五十パーセントを超えたのは、平成二年のことなのだそうです。バブルのハジケたと言われる年の、前年のことです。これもその後、年々着実に増えているという。銀行の不良および問題債権も増えるはずです。公金を注入するほどに、ふくらむ様子ではありませんか。銀行の貸し渋りと言うけれど、人はその元をあまりたずねない。

今年は自殺者が急増して東京都内だけでも三千人に迫っているそうです。企業倒産件数も全国で十月までに二万件に迫り、年末までには戦後最悪の数に至る可能性があると伝えられる。ところで、これまでの戦後最悪とは、いつの年のことでしょうか。昭和五十九年なんだそうです。バブルの沸き立ち始める、その二年ばかり前になります。

「内向の作家」がなぜそんな、世上の経済のことなどを思うかと言えば、この前のお手紙の中で、大兄がほとんど失業の状態で、しかも、それまでの職業の後遺症と聞いてますが、病いの身を自宅で静養していた、その苦境に触れられているのを読んで、人の身の上ながら指折り年月を数えることはあるもので、それが始まりでした。今から十年ばかり前とは、昭和と平成の交、バブルの最っ盛りでしたね。それを思うと「静養」という言葉が、荒涼の感をおびて、小生の身にも染みてきます。好況の、急騰(ブーム)の、破綻(バスト)ふくみの狂騒(からさわぎ)の中で、零(こぼ)れてあるという無想無念の静まりでしょうか。その行き詰まりを高利の借金でしのぐことになった由、借金を返済していく人にとっては通常、世の過剰流通は順風となるはずなのですが、職業柄、また大兄の作風からして、せいぜいのところ、無風でしたでしょう。それが数年後の世間のバストと同時に、きびしい逆風となって吹きつける。

　どうにか漕ぎきったのも、三十前後の若い活力のおかげばかりではないでしょう。ブームから零れて静養中の、無念の静まりがひきつづき、苦境を支えた。以後の執筆にとっても、その静止が支点となった。消極のそのまた極地のようでも、そこからさまざまなものの新らたに萌すけはいがある。そう拝察します。小生もあのブームの時期、身に病いは出てなかったので大兄ほどに追いこまれてはいませんでしたが、それでも音をひそめて、しかも徒らに耳を澄ますようにして暮らしていました。そのうちに世上のバストとほとんど同時に、いや、それよりも半歩ほど先に、小生の頸骨(クビノホネ)にもバストが来たのは我ながらおかしかった。しかしおかげで、一段ときつい「静養」を強いられました。その静まりはその後も底に響いて、今年になり三度にわたって入院したその間も、内をのぞけば同じ静まりがあり、そろそろ何かが聞こえてきてもよさそうなものじゃないか、とうながします。眼のほうはとにもかくにも難を逃れました。

いつもの石段のコースからいきなり山中へ分け入ったとのこと、あれは散歩の初心者の気紛れや小児返りなどというものではありません。無為の反復に耐えられなくなったのでも、おそらくない。耐えて静止している、その静止を中心にして見れば、周囲は無変動のようでも、また同じことの反復のようでも、時には現実感を剝離させて迷路の素面を露わす、いや、それ自体が迷走なのです。これを「静まり」が表現しようとすれば、みずからが迷走するよりほかにない。自分で呆れながらズンズン押し入って行ったでしょう。もともと見も知らぬ谷なのに、行くほどに見知らなくなることに、痛快なほどの恐れに捉えられたでしょう。象徴行為ではありませんか。静止には静止の情熱があります。

永遠の恐怖

古井由吉様

佐伯一麦

一九九八・一二・二四　仙台

山ともいえぬ雑木の谷での小生の迷走を、「静まり」自体の表現、「静止の情熱（パトス）」と捉えて下さった古井さんの返書を読んで、身の裡に静かな熱を与えられたような心地を覚えました。

その、パトスという言葉から、私はこの夏にはじめて見たトケイソウを思い出しました。近所に、ごく偶に昼時に足を向ける蕎麦屋があり、そこの庭で、矢羽ススキなどと共に見かけたのでした。

淡紅色に開いた花は、萼片、花弁ともに五枚あり、それがよく似ているので一見して十枚の花弁と見えます。その内部に、中ほどが白く先端と基部が紫色の糸状の副冠が多数並んでおり、花の中央に下部が一本になった五本のおしべがあり、その上に花柱が三本あるめしべがある、という様は、なるほど時計の文字盤と針を想わせます。

が、興に惹かれて、家に帰ってきてから事典などで調べてみたところ、このブラジル原産の多年生のつる草は、英語ではパッションフラワー（passionflower）と呼ばれていると知りました。その名の由来は、十六世紀に南アメリカへ渡ったイエズス会士がこの花を見て、かつてアッシジのフランチェスコが夢に見たと伝えられる十字架上の花と信じ、〈受難の花〉と呼んだことによるそうです。トケイソウの葉は槍で、五本の葯（やく）はキリストが受けた五つの傷、巻きひげはむち、子房柱は十字架、三本の花柱は釘、をそれぞれ象徴すると見たと言い、彼らはこれを、先住民が改宗を待ち望んでいた印とまで解釈して、熱心な布教をすすめる拠り所とまでしたというのです。

良くも悪しくも、そうした観念連合あるいは象徴性を持ち得ないというところに、われわれの文学はある、いや、近頃になってようやく、一者というものを立てることによって言語的に悩むという体験が文学で描かれつつある、というような感想が浮かぶのですが、それはひとまず置いて、語源的にギリシア語のパトス（pathos）に由来するパッションは、元来、他から〈働きかけを受けること〉を意味しているようで、その側面から〈受苦〉や〈受難〉を意味するようになったのでしょう。そして、情念や情熱と訳される場合もまた、受動的なものとして捉えられるべきなのでしょうか。

リルケが、『マルテの手記』の主人公を、パリの街をあてもなくうろつき回らせるのも、シュティフターが、『水晶』で幼い兄妹をクリスマスの前夜に雪山に踏み入らせるのも、「静まり」が表現しているのだと解すれば得心がいきます。両作とも、確かに現実感の剝離と迷路の素面が露呈しています。

私が『水晶』をノルウェー行きの旅装の中に入れたのは、そこに描かれている冬山や氷河の情景が、これから向かうところに親しいと想われたからでした。無論、それだけが描かれているわけではなく、その背後にはつねに恐怖が遍在してあった、とは記憶していましたが、彼の地で再読してみて、これほど恐い小説だったか、と己の不覚を改めて感じ入らされた次第でした。迷いもなく、躊躇いもなく、けなげな言葉を交わしながら、子供たちが雪山の中へ、死の中へ踏み込んでいく、それを作者は、内面の恐怖感としては決して描くことなく、冴え渡った風景描写の静まりとして美しく結晶させます。最後の救出に、カタルシスのようなものがありそうにも見えますが、信仰と反復に支えられた村の大人たちも恐怖に浸されておらず、事を「神のめぐみ」としか解しないだけに、いっそう子供たちが置かれていた恐怖が永遠に融けない結晶＝水晶となって残るかのようです。

おそらく私は、以前古井さんが指摘なさったように、言葉を失いかけていたのだと思います。だから、リルケの「僕はまずここで見ることから学んでゆくつもりだ」という言葉を初心のように思った。しかし、山ばかりでなく、都会の中での生存を描く際にも、踏み迷った主観の孤独と恐怖を己れの内へと向かわせれば、外界は迷路と化し、言葉を失うことになる。だからこそ、リルケは、己れの言葉を回復するために、恐怖をマルテに託した目で、確かな形象において表そうとしたのでしょう。

『水晶』を今また反芻することになって、受難を経て生還した子供たちと重ねて想われるのは、神戸の小学生殺害事件や連続幼児誘拐事件などのことです。しかしそれは、世の中を騒がせている、容疑者のことでも、殺害された被害者のことでもありません。殺人未遂に終わり、死に至らないまでも、暴行を受けた者たちのその後の人生の行方です。

私がときおり散歩コースに選ぶ川べりの道では、いま老朽化した橋の架け替え工事が行われています。橋の耐用年数はおおよそ六十年ということですが、取り壊されて橋桁だけが残っている古い橋の跡を見る度に、その橋の上で、幼児が擦れ違いざまいきなり見知らぬ男に担ぎ上げられ、手摺りを越えて川へと投げ捨てられたことがあったことを思い出します。そうしては、川の深いところに落ちたために奇跡的に命が助かった幼児の受難のその後が気にかかるのです。

受難と純心

佐伯一麦様

古井由吉

一九九九・元旦　東京

子供たちがかりに「水晶」の中から生還しなかったとしても、信仰と反復に支えられた村の生活は変わりもなく続いたことでしょう。生誕祭前夜の幼い者たちの運命は、村人たちの記憶の中の一点の静まりとなりながら、やがては幸いなるイノセントたちとして聖母像に抱き取られ、おさめられていくことと思われます。「水晶」の、無限の恐怖の前には、十字架が、磔刑像が立ちふさがる。

凄惨なる処刑像が信仰の中心に立つ宗教とは、われわれにはどうしても想像しがたいところです。パッションという想念の重みの全体を、われわれは受け止めかねる。至上者へ通じる道は受難の一者に於いてよりほかにないという。しかし受難の一者に着くということは、おのれの内にも受難者の一人を立てるということになるでしょう。みずからも十字架にかからなくてはならない。これがパッションという想念の極限なのでしょう。

しかしそこまで過激にしては、信仰は生活として持続するものではない。安定もしない。受難の一者は至上者へ通じる唯一の道ではあるが、それと同時に、人の生を脅かす「水晶」つまり無限の恐怖を、十字架の背後に押しとどめてくれる。無限の恐怖は八方から、至るところから迫るものだが、人は十字架という一所に懸かるだけで、八方の安堵を得る。だからこそ、暮らせる。「水晶」に風が吹きつければ、たちまち「混沌」と化す。いや、「水晶」と「混沌」はひとつのものです。

民衆の信仰として持続したからには、十字架は、聖母の取りなしも必要としましたが、安堵の機制でもあるのでしょう。しかし十字架に頼る心性、幾代をも通じて習性となって染みついたところの心性、これもわれわれには想像し難い、恐ろしいパッションを孕むものではないでしょうか。これは無縁の異教徒だからこそ無造作に言えることですが、もしも十字架への熱心のあまり、十字架を突き抜けてしまったら、どうなる。たちまち「水晶」の中へ踏み入る。あるいは、「混沌」が八方から雪崩れこんでくる。軽い喩えになりますが、生身で大気圏外へ打ち上げられたようなものです。

熱心のあまりというのは、伝来の熱心がひとりでになり過激になり、それ自体が無限の動に入った場合もふくみます。敬虔かその極で転じた、背教の衝動もふくみます。このようなパッションならむしろ、悲劇の文学を通して、われわれもいささか知っていると言えるかもしれない。

しかし迷いもなく、ためらいもなく、けなげな言葉をかわしながら、「水晶」の中へ入って行った子供の純心あるいは純信は、さらに恐ろしい。迷いもためらいもなくとは、行く手に絶えず見覚え、人の道を見て疑わなかったということです。人の道とは、敬神者にとっては神の導き、したがって安堵の道のことになる。祖父母の住む谷から、尾根の鞍部を乗っ越して、親の家のある谷へくだる道です。ところが、氷河のあらわれる高さまで登り詰めてしまった。神の導きをすこしも疑わず。

作者のシュティフターも「事の始末」を、じつはつけかねたのだと思います。子供の純心を追っていくにつれ、作者自身が、摂理の不条理に追い詰められた。作者の内にこそ、道の見覚えの失せた恐慌はあったはずです。しかし恐慌も、進退が完全に谷まれば、静まり返る。その時、風景も美しく結晶する。結晶するよりほかにない。描出ということは、そらおそろしいことです。

幼い子供たちが、子供の足にしては信じられぬ高さの氷河の辺で凍死体となって発見されたという事件があったのでしょうか。あるいは九死に一生を得て救出されたが、何年かは魂が抜けたように暮らしたとか。あるいはまた、山間の村ではそんな不可思議な悲劇が、百年に一度ほどの間隔で、起こるのかもしれません。いや、それよりもシュティフターの内に、「水晶」の中へ迷わず登って行く小児が、生涯、残ったと取ったほうがいいでしょう。

こういう事は過ぎ去らないものです。

今は元旦の午後です。これを書くうちに、日も暮れかかっています。東京は風が吹いて冷えこみましたが、雲ひとつない快晴で、よいお正月でした。などと、元旦の陽がまだあるうちに過去の物言いになってしまうのは、心細いかぎりです。

土地によっては元旦に仏壇に参り、墓参りまでするそうですね。年の瀬から正月にかけては、故人(ほとけ)さんの霊の近づく時だったようです。それにくらべれば小生などは生まれつき祖霊には遠い東京者なので、生者たちの年々の息災を願うばかりです。

元日や手を洗ひをる夕ごころ　　龍之介

永久凍土の中から

古井由吉様

佐伯一麦

一九九九・一・二八　仙台

昨年は、オスロフィヨルドに挙がる冬の花火で新年を迎えましたが、今年は近くの寺の除夜の鐘をききながら、大晦日の夜は寝に就きました。

正月というと、私も、芥川龍之介の「澄江堂句集」の中のその句を思います。日が落ちはじめて年始の客が帰り、厠へ立った家の主の胸にきざす虚しいこころ。朝方の少々改まった気分も引いて、もう飲み食いにも飽き、厠の小窓から赤く暮れていく夕空をぼんやり眺めている——という情景が、年始客も迎えず、手洗いに窓などない集合住宅に住む身にも、なぜか親しく想い描かれます。厠へ向かう黒い廊下の冷たさも、足の裏に感じられるようです。

　今はすっかり寝正月を決め込んでいますが、以前、電気工事の仕事と二足の草鞋をはいていたころは、暮れから正月は忙しい時期でした。私があたっていたのは、団地の電気設備のメンテナンスでしたが、これが年末から正月にかけて緊急に呼び出されることが実に多かったものです。

　日ごろは共稼ぎが多い団地の世帯が一斉に大掃除をはじめ、殿方たちも車の洗車などしだすものだから、受水槽から高架水槽に汲み上げるポンプの働きが間に合わずに、減水ブザーの警報が鳴りだす、といったことや、老朽化が進んだ団地で電気設備の容量がとうに間に合わなくなっているにもかかわらず、留守がちな家があるためにどうにか保っていられたのが、全戸で同時に電気を使うために大元のヒューズやブレーカーがパンクしてしまう、ということが起きるためです。一度起きてしまえば、これは癖が付いてしまい、大がかりな改修を施さなければならなくなります。

　また、孤立して生きている人間にはつらい時期でもあり、それこそ故人の霊が呼ぶこともあったのでしょうか、独り暮らしの老婦人が石油をかぶって火を付けた部屋の後始末に走ったこともありました。目撃した人の話では、ノイローゼ気味だったことは確かなようですが、全身火だるまとなってから、家から飛び出し助けを求めながら、団地の構内を走り転げ、力尽きたということでした。まだ心神喪失にあったと思えば、いくらかは救われますが、事に及んでから正気を取り戻したと想像すると、私にはそれから先が考えられない心地になります。戦後最悪といわれていた景気のころです。

その労苦から解放された途端に、年の瀬も押しせまったころになると、必ず風邪をひくようになりました。その初年は、喘息の発作に肺炎を併発して病院へ担ぎ込まれることになり、さすがにこれはいただけませんでしたが翌年からは軽い風邪の症状で済むようになりました。身体が熱っぽく、ややだるい気配を感じると、それ幸いとばかりに布団に潜り込んでは、風邪が恵んでくれたやすらぎの時を過ごし、うつらうつらして次に目覚めるときには、冬の日ははや傾きだしている、そんな気分にも先の句は呼応してくれるようです。

しかし、今年は風邪を引きませんでした。残念なことに、といいたいところですが、ここに来てインフルエンザが蔓延して、多くの死者さえ出ているという風聞に接すると、そう言っては罰が当たりそうです。昨年、東北の夏は幻に終わりました。この異常気象では、世が世なら大飢饉となり、それに伴って悪疫が流行するのは、必然でもあったことでしょう。

それと共に思い出されて来るのは、あのウレヴォール（冬と死との神の谷）の宿で、流行り風邪にかかって、三日間寝込んだときのことです。

古井さんも前に話題にしておられたように、ヨーロッパでは、インフルエンザ研究の学者たちが、当時世界で二〇〇〇万とも四〇〇〇万ともいわれる命を奪ったスペイン風邪が流行した一九一八年と同じようにインフルエンザが大流行する危険がある、と警告しはじめていました。また、三万二〇〇〇人の死者が出た香港風邪の流行した一九六八年以降に生まれたものは、皆ウイルスにおかされやすい、という指摘もありました。香港風邪を起こしたウイルスに免疫をもたないからきわめて危険であるというのです。とはいえ、インフルエンザのウイルスはまだ解明されていません。

そんな折、こんな計画がなされているのを、知り合いとなった生命科学の学者から教えられました。ちょうど冬の時期に食べる習慣があるという、鱒を発酵させた、熟れ鮨に似た料理をお宅でご馳走になりながらの席で、少々場違いな話題ではあったのですが、彼の意に介さぬ熱弁に拠れば、ノルウェーの北極海に浮かぶ島の教会墓地で、科学者たちが遺体調査を開始したというのです。そして、その目的は、一九一八年のスペイン風邪に倒れてこの地に埋葬された七人の遺体から、インフルエンザ・ウイルスのサンプルを取り出そうというものでした。

その島では地下一メートルで、年間を通じて凍結しているいわゆる永久凍土にぶつかります。その、数万年前から続く氷河現象の遺物でもある永久凍土の中に埋葬された遺体には、ウイルスが凍ったまま保存されている可能性があるというわけです。

土葬された遺体を掘り起こすという、我々には馴染みが薄い行為の是非はともかく、静まりの極ともいえる永久凍土すなわち「水晶」の中から、封印がほどけた何かが萌しはじめる気配がするようではないでしょうか。

過去の厄災の痕跡

佐伯一麦様

古井由吉

一九九九・二・八　東京

澄江堂主人の元日の夕ごころの句、やはり黒い廊下の冷たさを足の裏に感じられますか。小生もまた、発熱の体感を連想します。あるいは晩年に近い句なので、もっと重い病い、衰弱の予感だったかもしれません。

正月の松明けに風邪に捕まりました。暮れ方から三十八度の熱を出して床に就き、夜更けに九度まで上がったところで市販の解熱剤を吞むと、夜半に大量の汗をかいて、それで平熱に戻りました。なんだか、たわいもないような話です。翌日からまた、忙しい人になりました。

小生の住まう集合住宅は、大兄も「遍歴時代」に仕事の関係で近くまで寄ったことがあるそうですが、今ではすっかり年寄りの家が多くなってしまいました。建ってから三十年、三十年前と言えば、我が国の経済成長がしばしの停滞に入り、まもなくもうひと坂押し上げる頃のことになります。当時、男盛り仕事盛りの主人が大半だったのです。留守がちの家があるために水も電気もどうにか間に合っていたというような、これは比喩になりますが、そんな先送りの中で働きまくっていた人たちです。近年では水の使用量もめっきり減ったことでしょう。電気のほうはどうでしょうか。一人暮らしになった老人たちもいます。風邪を引くにつけ、それを思うと、他人事ならず心細くなる。

三十九度の熱を出したのは、数えてみたら、十九年ぶりでした。昭和の四十三年の香港風邪の大流行についても、たしかその十年前の何風邪だかの大流行についても、国に万単位の死者が出たような、記憶がまるでないのです。頑健に生きて来たものです。それが近頃では年ごとに、インフルエンザの大猛威の到来をおそれるようになりました。昭和の六十年ごろからのことです。ウイルスが強化されたという話はつとに伝え聞いておりました。しかしそれと同時に、人の身体も弱りつつあるように、感じられたのです。たとえば電車の座席に腰かける人の姿勢に、まるで発熱が始まりつつあるような、けだるさが見える。往来の人の足取りも同様に、膝のあたりがたるんでいる。

近年の風邪はどうかするとはかばかしい症状もあらわさないところが陰険だ、そのまま重い肺炎を起こしていることもあるので、とやはりその頃、医者が話してました。それを聞いて、エイズを連想したものです。あの性感染症はあくまでも免疫不全症候群中のひとつでしかなくて、もっとひろい、ゆるやかな、しかしあるいは日常化しつつあるかも知れぬ、免疫不全の中へ、人は落ち込みかけているのではないか、と。風邪の症状も人体の抵抗のしるしであるはずなのです。

そうして見ると、あの車中などで見受けられる人のけだるさは、出るべき病熱が出ない状態なのかも知れない、とも思われました。あれも社会の停滞の時期であったのです。高年の人々の間には、この国もここまで昇りつめて来たけれど、ようやく下り坂にかかっているのではないか、という悲観の気分もすでにひろがっていました。爛熟もろくに知らぬうちに衰退に入るとは、間尺の合わぬ話です。しかも衰微にあってもひきつづき、勤勉と貧乏性とに振りまわされるとは。ところがまもなく世の中は「バブル」に突入した。あの莫迦景気の間にもしかし、さらにその後始末の時期を通じても、人の心身の弱まりが進行したように思われます。あの高騰の最中の、抑えのきかぬ突っ込みにも、その破綻の後の、その場しのぎの隠蔽と先送りにも、心身のけだるさが感じられませんか。

北極海に浮かぶ島の教会墓地と聞くと、それよりはだいぶ南にあたりますが、数年前に訪れた、北海に浮かぶ島の教会墓地のことが思い出されます。古い墓の多くが、墓碑を読むと、海難者の墓のようなのです。ということは、この石の下にはもともと、遺体はなかったわけだ、とそう思うと妙な心持がしたものです。ところで、極寒の島の墓地を掘りさげて、永久凍土の間に埋葬された遺体から、一九一八年のスペイン風邪のウイルスの、サンプルを採集しようとは、どういう情熱から発したことでしょうか。

情熱などと言われれば科学者たちは困惑するでしょう。予測されるインフルエンザの大猛威に対処する、防疫活動の一環のはずです。それでも、そのような合理を超える、また個人も超える、情熱のうながしが思われてなりません。危機が予感されると、過去の厄災の痕跡を表層の下から掘り起こしたいという衝動に駆られるものではないでしょうか。みずからの現在の生存の、その由来をたずねようとして。過去の厄災に触れて、心身の免疫力を、更新させせようとして。

春がもう近くなりました。柔らかな夕映えに照らされた枯木の林を眺めると、林の全体が桜色に染まっています。ほんのりと咲きひろがっている。早くも花の林です。

Ⅲ

屋根裏部屋

佐伯一麦

古井由吉様

一九九九・二・二四　仙台

　私の方は、もう終熄間近という頃になって、インフルエンザに捕まってしまいました。それでも話題のアマンタジンを服用したおかげか、高熱に一晩魘(うな)されただけで済んだのは幸いでした。しかしこの特効薬も、そのうちウイルスの方に耐性が出来てしまい、さらなる更新が迫られるのでしょうが。

　汗をかくでもなく、身体の抵抗感が感じられない中で熱が引いていた翌日、雑誌の鼎談の所用があり、日帰りで上京しました。鼎談を行った場所は東京ステーションホテルの中でしたから、東京駅の構内から一歩も外に出ることなく用件を果たすことが出来たのは、この体調のさなかでは幸いでしたが、いささか奇妙な味がする旅ではありました。

東京駅に着いた三時間後には、再び帰路についていました。さすがに、熱が下がったとはいえ、体調はけだるく、出された食事もコーヒーも手の震えが収まらずに口に運ぶことが難儀で、何を話したのかもおぼろになっていました。それでも、他の出席者に身体の不調を悟られない程には、健気に振る舞っていたようなのです。

そのとき、携帯電話に向かって話しかけている中年女性の甲高い声が車内に響き、我に返りました。往きの新幹線の車内でも聞いた、特徴のある声だったからです。「とにかく着いたら電話する！」と叫んでいたのが、帰りの車内ではなじる言葉を投げかけていましたから、何かが不首尾に終わったのでしょう。

やがて電話を終えてトイレに立ったらしいその姿を見ると、やはり同一人物でした。紫色の光る素材の上着を羽織り、玉ねぎの形にアップした髪に厚化粧の顔だちをしている忘れ難い容姿に、ある種の職業が想像されました。ともあれ、そんな少し妙な他人の存在のおかげで、近くの過去が振り返られて人心地が付きました。と共に、何をそんなにせわしくしているんだ、と呟きが洩れました。当然それは、自分に対しても向かい、すぐに、世はどうあろうと、常にせわしく追い立てられていることには所詮変わりはないんだ、と思い直しました。

肉体的にもせわしく現場で立ち働いていた頃、古井さんの住まう界隈は、私にとって、日常の反復感を覚えながらも、常に改まる景色として眺めた私情がこもる土地だったことを手紙を読んで思い出しました。そこはちょうど辻のような場所で、どこの現場からの帰りでも通りかかる道でした。そこまで辿り着けばもう帰還したも同然であり、堅牢そのものといった刑務所を連想させせないでもない建物が二つ並んでいる前を通りながら、一日の仕事をようやく仕舞った心地で嘆息するのが習いだったものです。

心身のけだるさを覚えながら、そのバブルの時期に思いを向けると、一つの光景が浮かび上がってきました。ある高層住宅に、空き家の修理に赴いたときのことです。トイレの明かりのスイッチを取り替え、点灯を確認するために扉を開けようとすると、動かない。

そうして、何度か扉を強く引いては硬い感触に跳ね返されているうちに、中に誰かいる、と確信のように思われ、戦慄を覚えました。「そんなところに潜んでないで出て行けよ。もう一軒修理をしたら戻ってくるから、それまでに」自分の声を芝居がかっているように、いささか遠い気持で聞きました。戻ってくると、扉は嘘のようにあっけなく開きました。そして、そこに人がいたらしい気配を探ってみましたが、煙草の臭いはおろか、かすかな人の体臭のようなものも嗅ぎ取れませんでした。

そのときには、真昼に「幽霊」にでも出会ったような面妖な心地になりましたが、今となってはそう不思議な気はしないのです。あの空騒ぎの最中にすでに、世間から取り零された人があり、その存在はそれからじわじわと数を増していった……。

あれは、屋根裏部屋に隠れるようなことだったのかも知れない、とふと思いました。ノルウェーで訪れた家々の多くには、屋根裏部屋があり、外から見るロマンティックな北欧風の屋根も、中に入れば薄暗く陰気な部屋でした。そこに、閉じ込められて、太陽も空もない長い冬を自分の心の屋根裏と向かい合うごとく生きていく。そうした屋根裏を『幽霊』などの諸作で剔り出したと目されるイプセンを、リルケはマルテに託してこう難じています。「おまえは自分だけでガラスを通して見た小さなものを、さっそく万人の目の前へ大きく突きつけるために拡大しようと、とんでもない、大胆な決心をしてしまったのだ」「しかも、おまえは根気よく待とうとはしなかった」と。

イプセンの作品もまた、屋根裏部屋の静まりが心の内に忍び入ってくるのを耳を塞ぐようにして防ぎながら、自身の沈黙も恐ろしくて、叫び散らしている、と私には映ります。毛細管現象のような心の屋根裏を描くためには、「生活は奥深い底に沈み、内部にひっそり閉じこもる」ことが不可欠なのでしょう。

密閉された箱であるからか、新幹線も飛行機と同じように、私にとっては時間が滞りやすく、国内の移動であっても僅かな時差が生まれるように感じられます。まだまだ寒気が勝っている東北の駅のホームに降り立つと、閉じこもっていた所から人気が無くなったのを見計らって、そっと出ていく男の背中が見えるような気がしました。

焦りと回復

佐伯一麦様

古井由吉

一九九九・二・二八　東京

昨夜は未明にかけて大風が吹きました。北西の空から雪崩れ落ちてくるような風でした。こんな夜に、五十四年昔、三月の十日の未明に、東京の江東深川を中心に大空襲があり、空から眺めた敵の兵士の一人も「さながらインフェルノだ」とおののいたという大火災が発生し、十万に近い住民が犠牲になった。あの夜命の尽きた幼児も、もしもわずかな差で難を逃れていたなら、今頃は還暦を迎えるのに、と寝床の中から風の音を聞いていました。そんな年の数え方をします。私の内でも、一畳ほどの防空壕の底から頭上の敵機の爆音へ刻々と耳をやる幼児が、今でもうずくまっているのです。そんな生涯です。

その昨日の午後（ひるさがり）のこと、自宅のすぐ近くのポストに速達を放り込んで顔をあげると、すぐ目の前、昔大兄が通い馴れたという辻の、南から来てすこし手前で、徐行する事業用のワゴン車の運転席の窓から作業服姿の、額の上がった血色の良い、五十なかばから六十がらみの男性が、こちらへしきりに笑いかける。間違いなく私に向かって、しかも懐かしそうにしているので、こちらも笑みを返すと、「からだのほうは元気ですか」と声をかけて、車は通り過ぎた。どなたか、一向に、思い出せない。日頃年頃の知人ではないらしい。それでいて、私の最近況を知っている。病院の喫煙室の「戦友」ではないか、と見当をつけました。

じつはこの月曜日まで、まる一週間、また病院にいたのです。昨年の右眼の回復を待つようにして、今度は左眼のほうに同じ故障があらわれ、四度目の手術となりました。さいわい、経過は順調です。うつぶせの難行も、身は習わしものとか、さほど苦にはならなかった。今回は無縁坂の上ではなくて、執刀医の転勤を追っかけるかたちで、御茶ノ水の駅の、濠向こうの高台に建つ病院になりました。その十六階建てのビルの、十三階に病室はありました。新しい綺麗な病棟でした。快適であった、はずです。ところが、うつぶせをまもって寝てますと、どうしても、何時間かごとに目を覚ます。その寝覚めが電車の音も絶えた未明に入ると、天候や風向きにもよるようですが、かなりの騒音が十三階の高さまで昇って来ます。車の音は聞き分けられる。そんな時刻にもどこかで進行中の工事の音も聞き分けられる。しかしウオーンウアーンと、ふた声ずつに押し出すあの唸りは、何の発する音だろうか。機械のことにはうといので、ただコンプレッサーとかコンデンサーとか、そんな言葉が抽象的に去来するばかりでした。そのうちに、建物の外部の音とも内部の音とも、感じ分けがつかなくなる。このビルに内蔵されたさまざまな精密機械のはたらきを夜中も維持する動力の音が、ひとつに合わさって共鳴して陰々と呻いているようにも、思われてくる。

あんな時に、敵機の爆音を思い出さなくてよかった。あの音も頭上へ低く寄せる時には、空はおろか地上にまで遍く満ちて、さらに防空壕の梁の内にも、盛り土の内にもこもるものなのです。手術後の心身もやはり危機は危機であり、それに、うつぶせを強要されているというのはなにがしかの絶体絶命でもあるので、厭な記憶はおのずと塞ぐのでしょう。

ある病人は夜明け前に寝覚めすると寒くてしようがない。蒲団をかぶってじっと待っている。やがて始発電車の音が通る。するとまもなく暖房のスイッチが入り、温風が吹いて来て、ほっとして眠るという。私のほうは浴衣一枚でも暖房の入りすぎに苦しむほうで、不思議なことと聞いていましたが、喫煙室まで車椅子で降りて来るその人の出立ちを見れば、頭に毛糸の帽子をかぶり、パジャマに厚いガウン、足には長い毛のソックス、そしてしっかりした室内靴をはいてます。放射線治療中なのだそうです。

病床から耳にする電車の音は、病人の心身に焦りさえなければ、なかなか良いものです。JRの音はかえって耳につかない。地下鉄の丸ノ内線が淡路町のほうから近づくと、ほら、駅の手前で濠を斜めに渡るでしょう。鉄橋の音がじつにほがらかに響きます。鉄橋を渡ってまた地下に入り、駅のホームに停まるのまでわかります。中央線や総武線も、遠ざかって行く時の音が心を誘う。いついつの折に、ああして、ここを通ったたっけな、などと思い出せば、色っぽいような気分が、ふくらまないでもない。

順調に来ていても、病気の回復には焦ります。しかし、年来習い性となった焦りも病床を苦しめる。世の中が構造から行き詰まりかけてから、そろそろ二十年になりますか。私などは構造の改変への、構想も持ち得ない。せめて、自分が今在る、屋根裏部屋の存在でもよいから、その形を透明に表わしたい。しかしそれでまた焦るようでは、話になりません。

春風や人の眼病みも知らぬ顔

見知った人

古井由吉様　　佐伯一麦

一九九九・三・二六　仙台

深更に、鴉の啼き声が一つ挙がりました。幻聴ではありませんでした。そのまま寝付かれずに、起きることにすると、午前三時少し前でしたから、鴉の声が立ったのは、いわゆる丑三つ時だったのでしょう。

ふだんは、向かいの山から渡ってくる朝五つの鐘に、隣のテレビ局の敷地の鬱蒼とした森を塒（ねぐら）にしている鴉たちが、一斉に鬨（とき）の声をあげるがごとくに啼き募っては飛び立ち、歓楽街のゴミを漁りに行きます。近頃は、生命欲の衰えかけた人間を襲うものもいると聞きますから、人間に比べて、鴉たちはますます生き勝っていくようです。

しかし、時ならぬ鴉の叫びに睡眠を破られたのではありませんでした。その前から寝覚めており、春先にも引き起こされやすい喘息の発作の体感の有無をじっと自分の内を窺うような姿勢でいました。睡眠異常に悩まされていたときにも、つらいのはこの時刻でした。うつぶせ寝の苦行を強いられている古井さんのことも想いました。

しかし、鴉の一啼きによって、その後の、自分の住むコンクリートの箱の空間の静まりに心を引き寄せられることになったようです。コンサートホールで、無調の響きの咆哮の後、休止の沈黙から萌す旋律に耳を欹(そばだ)たせられる、そんな気配がありました。

いつものように仕事場の窓から外を見下ろすと、ビルはもうすっかり出来上がって、むろんクレーンも取り払われ、ビルの屋上の縁の数カ所に、赤く航空障害灯の明かりが点滅しています。一日にしてクレーンの姿は消えたが、あれは正月前のことだったか、と、近くの記憶なのにすっかり曖昧になってしまっています。

新築の高層ビルは、今はまだ静かに、コンクリートの湿気が取れるのを待っているように見えますが、電気が点った以上、非常時以外にはもう決してやむことのない機械音を、微かながらも立てはじめているはずです。

高層ビルの下には、中層のビルや共同住宅の共用灯の明かりや街路灯が点る街が広がっています。白い光は蛍光灯。やや緑色がかっている光は古くなった水銀灯であり、ピンクがかっていれば新品の徴し。橋の上には、黄橙色のナトリウム燈が瞬いています。その中をゆっくりと動いている光は、夜を徹して走る長距離トラックでしょう。

若い頃、電気設備の保守と修繕の仕事にあたって現場を駆け巡っていた私にとっては、街路灯をはじめ、集合住宅の階段や通路に設置されている共用灯が切れ目なく整然と連なって灯っている様こそが、大いなる静まりと実感される光景です。以前、古井さんが、停電になった病院で、壁の両側に沿って赤い非常灯が点るのを見て、空襲警報下の暗幕に覆われた電球や潜水艦内部の赤光灯を想像し、廊下がひとすじに静まり返った、と感じられたというのを読んで、さぞかし、と目に浮かべては感じ入らされたものでした。そして、そのときにも、変圧器の切り替えのために、電気室では、時間内に作業を終わらせようと大童の工事人がいたことを思い、活きている電気を扱っている彼を、見据え、支えるもののことに思いを向けては、緊張を覚え、やがて途方に暮れました。

古井さんに笑いかけ、声をかけて通り過ぎたのは、もしかすると、私が見習いをしていたときの電気店の親方だったかもしれません。あながち恣意な想像ではありません。

私が新人賞をもらったとき、その人の元で日々働いていました。「電気屋で言えば、これでやっと、お役所の最低ランクの指名競争入札に呼ばれるようになったってとこかね」

と祝いの言葉をかけられました。授賞式にも来てもらい、そこで、選考委員の古井さんが自分と同年生まれなのに興味を抱いたようでした。

実は、一緒に現場を回っていて、例の辻にさしかかると、何度か古井さんの散歩中とおぼしい姿に出会ったことがあり、その親方も一方的には、古井さんを親しく見知っているのです。今でも、年に一、二度近況を知らせる電話があるのですが、私がノルウェーから帰ってきてすぐにもらった電話では、電気工事店は息子がすっかり跡を継いでいますが、現場には毎日立っているそうです。仕事が少なくなったとぼやいていますが、長い梯子にのぼって切れた電球を取り替えるという、手間賃を稼ぐしかない外灯工事も相変わらずやっているそうです。糖尿病で、私が働いていた頃から体重が十五キロほど減ったそうですが。

親方は、鹿児島から集団就職で上京し、見習いから現場監督を任せられるようになった頃、現場で知ったお役所の人間から、酒も煙草もやらない性格を見込まれて、地味なのであまり電工がやりたがらない団地の保守修繕の仕事を一手に引き受ける事で独立した人です。彼も土建の時代を体現した一人なのでしょう。

古井さんと私が往復書簡を交わしていることも知っていました。案外なところに、隠れた読者というものはいる、と私はささやかながら経験上わかっています。

親方は、古井さんのことを、「馬事公苑のあの作家の人」と、懐かしそうに言います。

風景

佐伯一麦様　　　　古井由吉

一九九九・四・一〇　東京

昔、どこか遠いところへ行って死のうと決心して夜行列車に乗った人が午前の三時頃に、窓の外を走る隧道の壁の灯を数えるように眺めるうちにいきなり、まるで機関車の先端にいるように、壁の両側の灯のつらなりがはるか先でひとつに交わりそうなところまで、はっきりと見えたそうです。そのまま心が遠くなり、つぎに我に返ると、朝の駅の、駅前の一膳飯屋にいて、目の前のテーブルに、暖かい定食がすっと置かれた。手もとを見れば、一時間後に出る帰りの汽車の切符も買ってある。あの二列の光をこの世の見納めのような心で眺めたのに、あの欲も恐れもない充足感がこの世への出口となったとは、不思議なことだった、と年老いてからも話していたということです。

空間とは時間の現象したものだと説いた哲学者がいるそうで、詳しい論は知りませんが、すくなくとも風景と呼ばれるものはわれわれにとって、われわれにしては長大な時間あるいは歳月をおのずとふくむものであるように、私には思われます。初めての風景に惹き込まれて眺め入るうちに、これを幼少の頃に眺めたような心持がする。この先どれだけ生きられるかわからないけれど、これを老いて眺めている自分が見える気がする。これに同じように眺め入る自分の親たちの姿を思う人があるとすれば、よほど幸わせか、あるいは苦しみの多い人生を送る人なのでしょう。それはともかく、風景とは長い時間のひとつに融和するところではないでしょうか。

町というものがある。日頃、いちいち心に感じて眺めているわけでない。しかし「町」と言葉が内に響けば、それはすでに風景です。風景であるからには長い時間を宿す。親がいた、親を思う自分がいる、自分を思う子がいるだろう。それだけではじつは足りない。祖父母と孫を加えてもまだ不足だ。祖先をまるで一人の人物のようにまとめて、同様にして子孫をまとめて、ようやくそれらしい時間になる。

冗談じゃない。われわれがここに越して来たのは、新開地として造成されたばかりの頃だ。その前のことは知らない。先のことも、いまどきの建物は三十年ばかりで一応の寿命を迎えるというから、どうなることか知れない。それに、われわれは親たちのもとから流出してきた。親たちもその親たちのもとから流出してきて、その「間違い」の結果、われわれは生まれた。子たちも流出していく。それどころか、われわれ自身の現在すら、居ながらにさらに流亡中なのかもしれない。ある人、花の下にひしめいて騒ぐ客たちを遠くから眺めて、まるで難民のキャンプだとつぶやいたそうだが、当らずと雖えども遠からずの、「見者」の目ではないか。

スクラップ・エンド・ビルドという言葉があります。建てては壊し、壊しては建てる。われわれの常に見るところです。現代の宿命のようなものとして、われわれはもう覚悟している。いっそ気楽と感じることもしばしばです。しかし、このスクラップ・エンド・ビルドの構想が都市の風景の中にすべて織りこまれているという思いには、馴れているようで、なかなか馴れない。そんなものは、風景ではない、とどうかすると叫ぶものがわれわれの心身の底にはある。

風景を風景と感じられないのは、すでに病の徴(しるし)なのだそうです。そこまでは行かなくても、まわりの風景を風景として首肯しきれない心身はその分だけ追いこまれる。追いこまれて、自然を求める。あるいは古い風景、風景の面影を求める。犬のように嗅ぎまわる。しかしそれとは逆に、いっそうメカニックなものに、純粋に幾何学的な模様に、安息とまでは言いませんが、安静を覚える傾向も、われわれにはある。

その果てに、夜の中に整然とつらなる灯に、つくづくと眺め入ったりする。これは生から脱れて死の清浄さの中へ還ろうとする願望なのかどうか。私は、ここでも心身は人の営為の跡を見て慰められ、やがて安堵させられているのだと思っています。つまり、心身の追いつめられた部分が人間たちの営為の、途中の欲望も愛憎も洗い流されてしまったその痕跡に、跡ながらいま一度の人の徴に、共感を覚えている、と考えるのです。

先日、午後になり、小学校から同窓の友人が電話をかけてきて、同窓生の一人が亡くなったことを報らせました。連絡が急になったが、今日がお通夜ということです。結局、亡くなった人とは、私は卒業後まったく縁遠くしていたので、参列は遠慮することにしました。それでも何か名残り惜しく、聞くと寺は私の住むところとそんなに遠くもないので、帰りに車でひと走りして寄らないかと誘ったら、喪服を着て人の家に寄るものではないからな、と友人は笑っていました。

電話を置いた後、疲れを覚えました。考えてみれば無理もない。故人の小学生時代の顔を思い出して、近年の同窓会で会った顔を思い出し、瞬時のうちに、五十年近くの歳月を往復したのですから。

「私」を描く「良心」

古井由吉様

佐伯一麦

一九九九・五・一四　仙台

桜の時期も過ぎて、東北も若葉が萌えはじめるとすぐに青葉の季節となりました。特別花見には行かず、眼下に満開の桜の花が、花弁の裏側を見ることになるせいか、少し色が薄くけぶったようなやわらかな色を見せているのを仕事の合間に目にしながら春の日を送りました。

今日は、外は汗ばむほどの陽気のようです。相変わらずの鶯の啼き音にまじって、ときおり、雄の雉の声が甲高く響きます。夏に小生が迷走していた藪の中にでも潜んでいるのでしょうか。喉を振り絞って悲鳴のように雌を呼ぶ声は、なにやら、切なげです。

仕事場の窓の外、春霞の中には、例の高層ビルがそびえ立っています。とうに人も住み始めたようで、すっかり風景に溶け込んでしまっているとも見えます。連休中には、そのそばの薬師さんの祭囃子の音が寓居がある丘の上まで立ち上ってくるのを聞きました。

三十数年前には、幼かった私は、薬師さんの界隈にあったバスターミナルから、母親に手を引かれて父方の祖母の葬儀へと向かっていました。父親は、今の私と同じ年頃だったはずです。

石和鷹氏の告別式が営まれた下谷の寺でお見かけした日も、晩春の明るい日だったことをふと思い出しました。春のはじめにいただいた手紙の末尾に添えられてあった句には、「人の眼病みも知らぬ顔」とありましたが、古井さんはどんな春を過ごされたことでしょうか。

この書簡を交わしている間、度重なる入院と手術をなされている様子が察知されました。が、葛西善蔵が言うところの「病苦に飽きる」というけはいがいっこうに文面に現れないことを、実は感嘆と共に、心強く感じていました。

一方で、小生と同じ年頃で、そのような末期的な倦怠と弛緩とを客観し悟っていた葛西善蔵に改めて舌を巻く思いが湧いたのも確かです。銀行関係者がまた一人自殺したという世間の報を耳にすると、あの狂騒の時代、そして泡がはじけた内実を、葛西のような口調で誰かがものしてくれないものかと臍（ほぞ）を噛む思いになります。彼こそが、先送りし、その場しのぎで生きている人の姿を、ぎりぎりの形で何とか書き表した先駆者でしょうから。

以前は、葛西善蔵に、生活不能者、世の生活者に比べて小児化した人の姿を想うことがありました。けれども、もはや世間は、それどころではなく小児化してしまったかのようです。まだ、葛西善蔵は、窮地に追いつめられた自分を、自分でまた首をかしげながらも客観して筆を進めています。その道筋も実に滑稽ですが、それだけに必然としてあからさまに伝わってきます。それに比べて、今の世の破綻者はどうでしょうか。銀行が破綻前などという言語欺瞞に満ちた言葉を振りかざすのと同じように、とうに破綻していることも認めず、世に追いつめられた必然も知らぬげに、ただ身の不幸を他人に向かって歎き募っているように見受けられます。

危機にいる自己を認め見続けるという緊張のなかで、かろうじて自己の生命を保とうという意志が葛西善蔵のあの独特の諧謔を生んだのでしょう。けれども、そこまで救いにもならない徒労感に耐え、なおかつ気力に鞭打つということには耐え得ないほど、いまの人々はヤワで生命力が脆くなってしまっているようです。葛西や嘉村礒多が踏み入った「ワタクシ・ロジー」の入口で、未だに我々がうろうろしているゆえんでもあるのでしょうが、自分のことはさておき、古井さんの近作に顕著に現れてきた諧謔味に、私は目が離せない思いでおります。

病ということでは、嘉村礒多の小説に重ねて、こんな記憶があります。バブルの真っ盛りに、静養を強いられていた頃のことです。私には、ときとして自分の病が虚言ではないか、と疑われることがありました。夜通し、喘息の発作に襲われていながらも、です。己が咳き込んでいるのを、まるで我が子の発作のように哀れで切なげに眺めていることもあったようです。

そうして連想が向かうのは、例えば嘉村礒多の『牡丹雪』に描かれている、初子を産んだ妻が赤児に愛情を向けているのに嫉妬した「私」が、爪楊枝の先で歯ぐきを突いて血を舌に吸い集め、別の部屋で嬰児と添い寝していた妻を叩き起こして、喀血だと芝居する狂態でした。

その陰惨なような事柄が、ブームから零れ落ちてしまっていた我が身を支えることとなったのは不思議なようですが、今にして思えば、私はそこに、古井さんの言葉を借りれば、矛盾域をも含めた「私」を熟知するということの証を見たのでしょう。そして今私は、あらゆる意味で、「私」を決して侮蔑しない精神の運動が私小説なのだと考えるようになりました。

小学校の同窓の友人の死に、瞬時のうちに、五十年近くの歳月を往復したとのこと。私は前にも触れた、幼児が通りすがりの男に担ぎ上げられ、川へと放り投げられた事故があった橋の架け替え現場のことを想いました。散歩の途中に目を向けるのですが、この不況下で予算も取れないのか、工事は遅々として進まないようです。工事人の姿も見当たらない日もあります。元の橋は岸で断ち切られ、その隣に工事で使う鉄パイプで組んだ仮設の橋が架けられています。古い橋の橋桁も残っています。それらの断面を目にする度に、私は、時間が摑まえられない心地となり、そして、足早に立ち去ることになります。

更新の健やかさに支えられた風景は、実は稀有なことだと私は感じています。さっぱりと取り壊し建て直せばよいものを、最小限の補修を加えては、必要に応じて建て増しを繰り返していく。その都度、繋ぎ目繋ぎ目に、時間を滞らせたまま。そんな時間と空間を生きざるを得ない「私」を描くことが、近代人の意識、「良心」に繋がることなのではないでしょうか。

東向きの仕事場の窓の外が、いくぶんあおみがかって暮れてきました。鶯の谷渡りがきこえると、オスロのアパートの窓辺に立つ自分の姿が見えるようです。

いまも「オスロの古井さん」は街頭に立っていることだろう、と想いました。勝手に名付けて申し訳ないのですが、その人を初めて見かけたとたんに、古井さんの面影が、特にあの小説――『楽天記』に出てくるコルセットを作りに病院に訪れる装具師と名乗るよく笑う男と重なり合って思い出され、私は一人ほくそ笑んだのでした。他人の空似とはあるものです。

その人は、レナルドという名の辻音楽士です。今オスロの街は、白夜の季節を迎えて様々な街頭音楽士や、大道芸人たちがあふれていることでしょうが、この季節の良い時期にだけ訪れる渡り鳥のような彼等とちがって、彼は、陰鬱な極夜の時期も、雪が舞う厳冬にあっても、イースターの淡い春の訪れのときも、街頭の辻に留鳥のように留まり続けていました。

一年の間、街中に出かけるたびに、私は決まって彼の姿を見かけました。客に媚びたヴィヴラートをかけたりはせず、淡々とインテンポで、ただ職務を果たすかのようにヴァイオリンを弾いていました。そして、ただ遠巻きに視ていただけですが、生まれたのは、インド洋に浮かぶモーリシャス島で年は五十歳であること。子供たちはイギリスにいるが、親の一人は中国人であり、十九年間オスロで弾き続けていること。それらのことが、ときどき彼に話しかける人との会話から自ずと知れました。流動を生きた人なのでしょう。その姿は、世の中が、これからいよいよ流動浮動して定まりなくなるであろうことを覚悟しなければならない私の年代にとって、先達のようにも映りました。オスロに着いてすぐ、外国人登録をしにローカルポリスに行って、様々な人種の人々と長い列に並びましたが、それはこれから日本でも味わうことかもしれない、と思わされました。

一度、街外れを走っているバスの中から、雨に打たれながら足早に家路を辿っているらしい彼の姿を見たことがあり、それは勤勉な勤め人と何ら変わらないように見えました。そのとき私は、日本から送られてきた文芸誌で読んだ、「移動」と「離脱」という言葉をめぐって西谷修さんと対談しておられた古井さんが終わりに述べていたニーチェの魚の譬えを思い出したのでした。それは、記憶とか知識には三つのありようがある。家の中に保存されている魚があり、池に放し飼いになっている魚があり、海や湖に泳ぐ魚がある。私が求める魚は三番目の魚で、だからそのつど、舟を漕ぎ出さなければならない、というものでしたね。そして、反復といえども、あらためて舟を漕ぎ出すわけであり、魚がとれるかどうかはそのつどわからない、ともおっしゃっていました。

「『オスロの古井さん』は、今日は魚を得ただろうか。こんな一日の終わりに、彼はいったい何を家に持ち帰るのだろうか」と想像したわけです。むろんチップの多寡とはちがった意味で、です。そしてその想像は、今でも、一日の仕事を仕舞うごとに、私の胸の裡に自問となって浮かぶのです。

魚にありつけないときに、鴉が恵んでくれた食べ物に心から感謝しています。

立往生の明視

佐伯一麦様

古井由吉

一九九九・五・一九　東京

雲は明るいのに雨が降りしきるという妙な午前中でした。濡れて林の青葉が一段と濃く映ります。刻々と充実していくような旺盛さでした。

退院して一週間が過ぎました。入院も一週間でしたので、病院にいた日数と、帰って来てからの日数が、ひとしくなりました。さて、どちらが長かった、と感じられるか。通常は――こんなことに「通常」があってはならないのですが、なにせ私の場合は一年と二ヵ月の間に五度の入退院なので仕方がありません。通常は病院にいる間が長く感じられて、退院すると一週間二週間がたちまち過ぎてしまうものですが、今度に限り、帰って来てからの一週間のほうがなぜだか長い。手術後も退院後もひとしく順調なので、あるいは私の時間の感じ方に多少の変化が兆したのかもしれない。病院にいても、家にいても、時間の流れ方がさほど違わなくなったのでしょう。

午後から手術を受ける日の朝のこと、病院の売店の前を通りかかると、スタンドに並んだ新聞から、長銀の元副頭取の自殺という見出しが目に飛び込んで来ました。どのような立場の人か、ごくおおよそながら、知ってました。私と同年配の人のはずです。この窮地にどう身を処するか、関心もありました。しかしスタンドの前に足は停めたものの、さすがに手術を控える身、新聞へ手が出なかった。廊下を遠ざかりながら、背中で物を思うというようなことはあります。人の死には滅多に想像で踏み込めないのですが、亡くなる人の恐れや恨みや疲れよりもまず徒労感を、飽和して凝固しかかった徒労感を思いました。私自身の徒労感だったかもしれません。

それから十時半に病棟の処置室に呼ばれ、手術のために瞳孔を拡げる点眼を受けました。三十分ごとに四度繰り返されます。すると三度目あたりから、ベッドに寝そべって窓から眺める正午前の晴天に、光が氾濫しはじめます。白い嵐です。風ひとつ吹かぬ荒天です。人が狂うのはたやすいことだと思いました。

ところがつい昨日、退院して七日目になる火曜日の朝、起き出して来て朝刊を見れば、同じ銀行の大阪の支店長の自殺が伝えられている。私よりも十も若い、五十代に入ったばかりの人です。追い詰められる立場にはあったようです。しかし何かを思う前に私の頭を占めてしまったのは、それが日曜日の朝のことであったらしい、ということでした。金曜日は風邪で欠勤しているそうです。土曜日は週休です。おそらく諸事諸労に追いまくられた人の、二日続いた「休息」の、さらに三日目の「休息」の朝に、生命を断った。単身赴任ということです。そう言えば、私の入院は連休明けの木曜日で、手術は翌金曜日でしたので、先の人の自殺も、職は退いていたようですが、世にゴールデンと冠される長い「休息」の果てに、起っている。そう思うと、ちょうど晴れた午前の空に、たちまち白桃色の光が氾濫してくるように感じられました。

　やや重い病気をして、どうにか恢復した後で思うことですが、現れはいかにも急激で、恐怖を覚えさせられるほどのものだったけれど、あれほどの故障が、粗い機械ではあるまいし、そういきなり起きるわけもない。早くから兆候はあったはずだ。あるいは患部はとうに、破綻していたとも考えられる。それにしてもあの間、いささかの影は落ちていながら、かえって軽快なように、どうかして心身透明のように、平生よりも楽天的に暮していた自分を思い返すと、ぞっとさせられる。そのうちに、そう言う今の自分の内にだって何が進行中かわかったものではない、と考えなおして、ひときわ不安のまさるところですが、破綻に入った人間はぎりぎりまで、楽天に生きるよりほかにない、是非もないことだ、と憮然として折り合うことになる。

自覚されるよりもよほど早くから病苦は始まるもののようです。さらに自覚された後にも、病苦の重さの全体を意識は、あるいは感覚も、担いきれない。喘息の発作の真最中に、身も世もあらず咳き込む自分を自分がまたひっそり眺めていて、この苦しみは虚言ではないか、お芝居ではないか、とそれどころではない境で空恐しい疑いが頭を掠める。その体験は私にも喘息のケがありますので覚えがあります。あれは、喘息の発作というものは掛値なしに断末の苦悶と恐怖へつながっていくものなので、意識も感覚も、苦しむ自分と眺める自分とへ、いささか分裂しなくてはとても受け止められない、というところから来るものではないでしょうか。

葛西善蔵と嘉村礒多の私小説も、文調はそれぞれ異りますが、同じ事情の内にあるのではないか、と私は見ています。あの自己客観の眼は、どうだろう。あれだけ自分のありさまが見えるのなら、自分のことを何とかしないものか、と読む者はやがて苛立ってくる。じつはそんなにも苦しんでいないのではないか、と。しかしあれも、余裕があるので見ているのではなくて、余裕がないからこそ見ている。立往生の明視です。しかも見ること、見えることが、その限り、何の助けにもならない。叫ぶよりほかにない。しかし叫べばどこかで、笑い声がどっと立つ。

ことさら諧謔に奔ろうとしてなくても、見ることがそれ自体で、諧謔になるということはあるようです。諧謔の気韻の備わった善蔵よりも、シンネリムッツリの礒多のほうに、それがいちじるしい。どちらにしても、あの胆の据わり方は豪気なものです。業は豪気です。「私」どころじゃない、というようなところさえあります。


世界のあちこちの、あらゆる人種の内に、遺伝子の組合わせのちょっとした相似でしょうか、自分とどこか相貌の通じる男や女が現にいて、およそさまざまな暮らしをしているのではないか、というようなことは私も眠れぬ夜にときおり思います。夢想の内で、ニューギニアの樹海の中の、十数メートルの高さの樹上に建てられた家の、軒端に坐りこんで、椰子の煙草をふかしながら、雨を終日眺めている「自分」を見た時には、じつは中年以降高所恐怖症気味なのですが、心が伸びて、快く眠ったものです。

インド洋のモーリシャス島生まれの五十歳の辻音楽師ですか。オスロの厳冬の夜にも街頭でヴァイオリンを弾いている。もう二十年も弾き続けている。モーリシャス島と言えば、放蕩のあまりカルカッタへ修業に出されることになった若きボードレールが途中の碇泊地で、もうやってられないよ、とばかり逃げ帰って来たのも、その辺からではなかったでしょうか。頽年のボードレールの夢想のような、辻音楽師の姿ではありませんか。辻音楽師と言えば私にももうひとりの姿が浮かびます。ウィーンの辻音楽師です。フルートを吹きます。場末の半地下の部屋に幼い娘と二人で暮している。家を出る時に父親は娘に作文を課して行く。その課題が「棺に横たわる父」とか、「母の悔恨と絶望と悲惨な最期」というようなものです。母親は何年も昔に夫と赤子を捨てて出奔してます。さて、父親の亡くなった後、近所に住む上流の婦人が孤児に情をかけて世話することになり、書き留めた宿題の作文を見れば、文章は明晰簡潔、文法にもしっかり適っているが、そして語彙も崇重だが、しかし意味を成さない。語彙の用い方が恣意にひとしいようなのです。というのも、この少女には、死ということも、世に行き迷ってみずから命を断つということも、そもそも観念にないことなのです。

アダルベルト・シュティフターの「石さまざま」の中の、「電気石」と題される小説の内です。

さらにこの辻音楽師は生前、辻にも立つが、夜更けに家で一人笛を吹くこともある。その音色は通る人の耳を惹きつける。しかし調べを追おうとすると、たちまち、思いもかけぬ音へ移る。あらためてたどろうとすれば、さらに脈絡もない音へ転じて、あげくには聞くほうが混乱におちいり、気の振れそうなまでになる。それでも、心に触れてくる。ほとんど感動に近いものを覚えさせられる、と。

なぜ、こんな話に惹かれるのでしょうか。われわれもしばしば奇異の念を喚起されて、遠くへ耳を澄ますようなことがある。しかしまた、われわれの耳を澄ますその方角から、われわれも同時に、奇っ怪な声だ、と怪しまれているのかもしれません。

言葉の兆し

はしがき

佐伯一麦

あれは東北自動車道下りの上河内サービスエリアだったか、それとも那須高原のそれだったか、あの頃の記憶はいまだにうまく辿(たど)れないが、ともかく緊急車輛のハイヤーの運転手さんの提案で昼食を摂(と)ることにした。東日本大震災から十日ほど経った時期で、一般車はまだ通行が制限されており、ときおり路面には段差が生まれていたが、高速道は思いのほか空いていた。

その二日前に、私は、仙台市若林区の避難所から同じ市内の私の家に身を置くこととなった老母が、心身の消耗が激しいようなので、仙台から満席の長距離バスで新潟へ出、そこから上越新幹線に乗り継いで首都圏の身内の元へと送り届けてきたところだった。東京都清瀬市の妻の実家に二晩世話になりながら、当座の緊急物資を調達し、帰りは新聞社の取材を受けるかたがた、緊急車輌に同乗させてもらうこととなった。

震災のことを訊ねられても、言葉が出てこないもどかしさがあった。むろん、被災地にいて体験したこと、見聞したことを、情報が錯綜しているなかにあって、現況を正確に伝えなければ、という思いはあり、海外をも含むメディアからの寄稿の依頼に出来得るかぎり応じはした。だが、徹底しての破壊を目の当たりにして、真の意味での言葉は未だ兆しようもないと思われた。言葉の真空状態。そしてその状態は、ある意味いまでも続いていると言えるのだが。

そんな思いのなか、サービスエリアの食堂のテーブル向かいで一緒に蕎麦を啜っていた朝日新聞社記者の高津祐典氏に、古井由吉氏と往復書簡が交わせないだろうか、と相談した。一九九七年から翌年にかけても、私がノルウェーに一年間滞在することになったのをきっかけとして、古井氏と往復書簡を交わした。そのときにも、異国での滞在の日が重なるにつれ言葉を失いかけている身を、書簡の言葉が繋ぎ留めてくれたという実感があった。

「天変地異が起こったときは、どういうものを書き出すかはわからない。これだけは覚悟しています」と、震災の三年前に世代を超えた大座談会が文芸誌上で行われた際に、古井氏が発言していたことが、強く印象に刻まれていたこともある。そして何よりも、空襲の体験を書き続けてきた作家から、戦争の焼跡では何が起こり、人々はどう立ち直ったのかを知りたいと思った。

緊急車輛の許可を得て、遺体の捜索が続けられていた仙台の沿岸部にはじめて入ったその日のうちに、髙津氏が古井氏の応諾を得、ひと月後からの開始が決まった。新聞掲載の折は、髙津氏が実直な配達人となって仲立ってくれ、仕舞いまで持ち運んでくれた。

津波の被災地の近くにいる私が、震災後の経過や人心の変わりようについて具体的に報告するのに対して、古井氏からは過去の経験を踏まえた感想と、文明や歴史の大局に立った認識とが示されることが多かったように思う。そして、つねに深い情感が込められてあり、被災者が希求した情理を兼ね備えた言葉がそこにはあった。こちらの性急な苛立ちや、過去の事柄への認識の誤りをやんわりと糺されることもあった。

一九八〇年代からバブルがはじけた一九九〇年代にかけて建設の現場の末端に足を置き、その現場の体験から、危機にいる「私」を認識することと、その表現に、自己流に心を砕いてきた私にとって、古井氏の文学は、かつての労働のなかで接した、気圧の変化まで敏感に察知して仕事の段取りをつける棟梁の職人的な勘に通じる現実感覚を見る思いがする。それは、かつて港町にいて天気や潮の流れを読んだ日和見の現代の姿かもしれない。

さらに途中から、「手」について、改めて思いを向かわせられることともなった。瓦礫を重機が山と積み上げている映像が多いなか、浸水した民家や汐をかぶった田畑へと流れてきた漂着物は、所有者が手作業で取り除き片付けなければならない。刻まれた碑文の言葉、とパソコンのキーボードを叩いているようでは自己矛盾も甚だしい、と手書きの習慣へと立ち戻される契機ともなった。

当初は、約束の半年が無事に続けられるのかさえ覚束なかったが、さらに一年に延長されて連載を終えたときには、書簡が積み重なっただけでなく、どうやら一年という月日も積み重ねることができた、との思いを強くした。「言葉は浮くもの」という戒めを噛みつつ、応答に心から感謝しています。

佐伯一麦様

古井由吉

大震災御見舞、申し上げます。仙台は停電と断水をしのいでガスも回復しつつあると伝え聞きました。私にも福島市内に縁者があり、しかも透析の老人を抱えております。その窮状に触れてますので、御苦労のほどがしのばれます。

東京でもかなり揺れました。横揺れなので大事にはなるまいと様子をうかがううちにも振れは大きくなり、これはと身がまえる境もありましたが、それ以上にはならず、いつまでもゆさゆさと揺れていた。おさまったところでテレビに飛びつくと、すでに大津波警報が東日本の海岸に出されていました。

大津波の押し寄せる惨景は幾度見せられても、映像ながら、その現実に身も心も追いつけない。切迫がある一線を超えかかると、見つめていた目がちらついてしまう。戦災の時に、頭上に落ちかかる敵弾の切迫へ、防空壕(ぼうくうごう)の中から堪(たえ)られるぎりぎりのところまで耳をやった、その恐怖心のなごりらしい。

青森から岩手、宮城、福島、茨城にかけて、あれだけの広域にわたり、あれだけ徹底して破壊された。敗戦の年の空襲以来のことです。

東北の太平洋沿岸にかぎれば、それ以上のことでしょう。たしかに、浜に沿ってどこまでも続く津波の痕跡を見せつけられれば私などは戦災の、焼跡を思います。一命の難をまぬがれて朝になり「家」にもどってきた罹災者たちは焼跡の前で茫然として立ちつくした。しかし、あれは焼土でした。焼けても土は土でした。大多数が木造家屋だったので、あらかた焼け落ちた。その跡を人は掻き回して、使えるものを掘り出した。何日かは防空壕の中で夜をすごして、やがて燃えのこった木材や焼けトタンを集めてバラックをこしらえた。大小の用を足す穴も掘った。そのまわりをざっと囲って、屋根らしきものもさしかけた。

それにひきかえ、これは巨大な汐をかぶった、湿土ではありませんか。土地そのものが変わってしまったと言えるほどのものです。

それにまた、見渡すかぎり瓦礫の原ということでは焼跡と同じでも、その瓦礫の量が戦災の時よりもはるかに多い。水と火との違いもありますが、六十六年前の都会地よりもはるかに高度な文明の、技術の、経済の水準にあったことのしるしです。

われわれはなんと高い、高くて細い足場に立って暮らしているのだろう。私のような老年は来し方を振り返れば、よくぞここまで来たものだ、といまさら足がすくみそうになる。実際に世の中は折々に犠牲者を出しながら昇りつめてきた。さてこの先、災害は人知で完全に防げるとひきつづき思って行くか、それとも、尽くすべきことは尽くすが、人はつねに危機を踏んで生きるよりほかにないと観念するか。震災の犠牲者を通して、幾多の厄災の中で生きた古人たちの心へ、あらためてつながることが、大切なことかと思われます。

（二〇一一年四月十八日掲載）

古井由吉様　　　　佐伯一麦

見舞のお言葉ありがとうございました。私個人に宛てられたというより、東北の罹災者への情理のこもった便りと受け取りました。仙台は震災からひと月経ってガスが回復し、新幹線もようやく東京とふたたび結ばれました。

復旧が忙(せわ)しなく進んでいますが、人心の恢復(かいふく)の方は遅れ気味になるのは仕方がありません。にもかかわらず、罹災の体験さえも性急に消費されようとしているかのような印象を受けます。津波で家を流されて避難所暮らしをしている知人が、せめて時間の流れを堰止(せき)めたいよ、とぼそっとつぶやいていました。

本震のときには、英国人夫婦を案内して仙台市近郊の温泉場の露天につかっているさいちゅうと、いささかとぼけた罹災をしました。強い余震に繰り返し襲われるなか、宿のロビーに集められ、停電し情報も途絶してしまったので事の詳細がわからぬまま一夜を過ごしました。前々から予告されていた宮城県沖地震が起こったことだけは確かなように思えました。三つ連動した巨大地震に加えて大津波にも呑み込まれた沿岸部の惨状を知ったのは、翌朝の一枚四面だけの新聞によってでした。

五日目に電気が通じるようになり、テレビで津波の映像を見せられることになりましたが、直後にこれを見たのでは堪らなかった、と感じました。私は、ラジオで知ったからまだよかった。その間は、東京山手大空襲で焼け出された内田百閒ではありませんが、半月から満月へと移りゆく月を友とする心地でおりました。

震災直後には、言葉も壊れて押し流されてしまい、感情が真空になっていたのが、いまは様々な言葉、感情が鬩ぎ合い収束がつかないでいます。ざわつきを鎮めるため、震災の一週間後に訪れた仙台市内の沿岸部に、ひと月を隔ててもう一度足を運びました。水はだいぶ退いたというものの瓦礫や松や桜などの樹木、家の中の生活品が散乱している土地は、灰褐色の「巨大な汐をかぶった、湿土」のままでした。空襲から逃げて土手へ辿り着いた百閒が、抱えてきた一升壜の酒を飲んで「こんなうまい酒があるか」と記した豪気のかけらもない、ずぶずぶと悪臭を放つ光景が広がっているばかりです。

海から約二・五キロの所に、盛り土をした高速道路が南北に走っており、そこが津波を食い止めました。運、不運とは言えない生死の境目を明視すれば、人災とも思えてきます。むろん人知によって災害が完全に防げるものとは思いません。原発事故の動向を覗うにつけても、いまは、楽観ではなく、自省を込めた悲観の情熱によって危難と向き合うときではないでしょうか。

十三年ぶりに書簡を交わすにあたって、古井さんが以前、母国に、東京に居ながらにして、流亡の記である「マルテの手記」を自身もいつか書くことになりはしないか、と言葉を失うことへの恐怖を書き記しておられたことを思い出しています。

（二〇一一年五月二日）

佐伯一麦様

古井由吉

かろうじて大津波をのがれて避難所にたどりついた人が、自分がいまどこにいるか、わからない、とつぶやいていました。これは自分がまだ生きているものやら、はっきりしないということろへ、そんな言葉を現地の人たちはめったに口にはしないでしょうが、通じることと思います。生きているということもまた、そらおそろしいと感じられる境遇はある。

一命の難をまぬがれた人間は、生きた心地がしばらくはつかない。それなのに、一瞬のうちに断ち切られた日常がいつのまにか、それなりにもどっている。惨憺(さんたん)たる焼跡にも日常はありました。眺めてこれほど不可解なものもない。それにつけても茫然として、言葉もなくなる。それでいてときおり饒舌(じょうぜつ)になる。はしゃぎたつようなほどにもなる。助かったという安堵(あんど)感がいまになり急に押しあげてくるせいではある。しかしまた、明け暮れは平生と変わってもいないのに、生き心地がしっかりとついていないという、もどかしさもあるのです。

頑丈な防波堤を築いたばかりに、長年の内に人が浜のほうへ寄り、人家が密集して、かえって仇(あだ)になった、という土地があると言われます。もしもその荒れ果てた跡を、身内もなくした土地の長老が眺めて、来し方を振り返り、是非もなかった、是非もないことだった、と涙ながらに呻(うめ)いたとしたら、われわれはこれをどう聞くか。あまりにも深い悔いの念です。これこそ大災害の後の、「始めの言葉」ではないでしょうか。暮らすのも懸命、命の懸かることだったのです。このこころを踏まえずに、先へ走ることになっては、よかれと思ったことが、また仇になりかねない。

被災者にはどうにも得心の行かぬところかもしれませんが、暮らしは日常のものです。言葉もたいてい日常あってのものらしい。実際に遠隔の地では普通にかわされる言葉の多くが、日常すらまだ異常な被災地では、おのずと通用しなくなっていることと思われます。しかし沈黙こそ、言葉の兆すところです。

(二〇一一年五月十六日)

古井由吉様

佐伯一麦

今年の春は、桜もいつの間にか咲き終わっていました。平常ダイヤとなったバスで乗り合わせた老婦人たちが、互いの無事を喜び合った後、津波で家を流されて引き取ることとなった親類縁者との暮らしが長引くことの不如意をこぼしていました。

間遠になったとはいえ、余震も相変わらずで、避難所の体育館では、そのたびに高い天井に据えられた可動式のバスケットゴールがカタカタと鳴り、皆が不安そうに見上げるといいます。震災からほぼひと月経った四月七日の深夜の最大余震は、家に留(とど)まることができた身にとっても、不安定な日常を生きていく姿勢をどうにか持ちこたえていた心の梯子(はしご)を外されたような気落ちを覚えました。

身内を失わずに済んだ人には安堵の色もほの見えるようですが、避難所まで車で逃げおおせたものの、自分が建物に入った直後、駐車場へ車を向かわせようとした夫のほうが、眼前で津波に浚われてしまったという知人は、未だ誰と会うことも拒絶していると伝え聞きます。戦災で身内を失った人に言葉が戻ることはあったのでしょうか。もしかすると、戦後六十六年が経とうとしている今でも言葉は恢復しておらず、今度の震災での「是非もなかった」という長老の細く切れ切れの呻きが、そこへ加わることとなったのかもしれません。

心身の消耗の色が濃くなった老母を首都圏の身内の元へ送り届けるために新潟に迂回して上京した折のこと、上越新幹線が大宮を過ぎ、曇天の下、住宅がぎっしりと建ち並んでいるのを目にしながら、知らぬうちにそれらが廃墟となっている様が同時にありありと浮かびました。どちらに、「私」はいるのか。

震災から三日目のよく晴れた朝、窓辺に立って海の方角を見遣ったときに、疎らになった防潮林の松林が今朝はやけにはっきりと見える、と訝った次の瞬間、その手前にあった集落が津波で消え去っていることに気付かされて茫然として以来、悩まされることとなった感覚です。そしてまた、家もあり、一見何の変わり様もないのに、白昼消えようとしている町や村もあります。一つ天気を眺めるにつけ、あらわになる日常の素面にたじろいでいます。

（二〇一一年五月二十三日）

佐伯一麦様

古井由吉

震災で一切を失った人たちの、喪失感はいつか癒える時が来るものだろうか、と人にたずねられて、それは生涯、抱えこむよりほかにないのだろう、と答えていました。七十三歳の私の身心の内にも、戦災で家も土地も焼き払われた七歳の小児がいます。

しかしまた大災害の後でも生活はすぐに、一日と置かずに始まる。手もとに何かしらがある。いまさらなんでこんなものが、とつい眺めてしまっても、手もとにあれば手にとって、何かを始める。仕事にも生活にもなりやしないと思いながら、没頭するうちに時間はそれなりに、日常のごとく、経っていく。濫用（らんよう）されがちな「前向き」とはそのこころがまるで違いますが、人は前を向いてしか暮らせない。

そうして何年もして気がついてみれば、ずいぶん遠いところまで来てしまった。はじめのうちは取りあえずただ転ばぬよう、倒れぬよう、足をようやく送っていたのが、いつのまにか周囲のいきおいにも押されて、前のめりの駆け足になっていた。願望であった「復興」もはるかに超えて、何が願望なのやらはっきりしなくなり、前線の伸びきったところを、大災害に追いつかれて、叩かれた。

戦地の凄惨な境から帰還した人たちはおしなべて、その後三十年ほども、その体験について口が重かった。現に暮らしている日常の中の言葉ではとうてい伝えられない、口にしたところから徒労に感じられる、ということだったのでしょう。話さずに亡くなった人も多かったはずです。戦後の六十六年には言葉の、大きな空白が開いていたように思われます。

後世におくるには、いっそ碑文のようなもののほうが、強いのではないか、と考えることもあります。いかめしく黙りこんでいるような碑文こそ、後世の人の心に、物を言うのではないか、と。言葉の空白に耐えた生存者たちの心が寄り集まって、死者たちの沈黙も加わって、目には見えぬ碑文が立ちあがることも、あるのかもしれない。

（二〇一一年六月二十日）

古井由吉様

佐伯一麦

大きな喪失感は生涯、あるいは何代にもわたって抱え込むしかない。当たり前のことを当たり前としてはっきりと認識させてくれる言葉が、いつからか世間からめっきり少なくなっていたように思います。目には見えぬ碑文、とあるのを読んで、この震災で身内を亡くされた聾啞（ろうあ）の知人に以前教わった、空に指で文字を記して会話をする空文字のことを想いました。いま知人が空文字を一文字刻むとしたら、「悲」でしょうか、「無」でしょうか。「恨」「歎」「虚」。私は「畏」と刻みたい。

あまりにも悲観的すぎることは口にすべきではない、という自制の心も働くのでしょうが、震災をめぐっても、言葉は言語欺瞞（ぎまん）、言語不全に陥っているように思われます。かつて、大量の公金を投入しなければ立ち行かなくなってしまった銀行の状態を「破綻（はたん）」と言わずに「破綻前」と言い繕うことを問題にしましたが、「想定外」は言うに及ばず、同じ用法がいくつも見受けられるようです。

放射能被曝（ひばく）を心配する住民に、「正しく恐れる」ことが大切だと医師や科学者は言い、その出所は寺田寅彦だという。しかし浅間山の爆発についての随筆の中での寅彦は、「正当にこわがることはなかなかむつかしいことだと思われた」と記している。正しく、ではなく正当に、です。科学者たちの言うニュアンスとは正反対のように私には思えます。

震災から三月が経ち、隣市の閖上（ゆりあげ）という小さな港町を津波で家を流された知人と共に歩きました。わずか十メートルにも満たない日和山（ひよりやま）という築山に登ると、周りは、酷（むご）いほどに三百六十度視界が広がりました。古井さんもどこかに書いていらしたと思いますが、港町にはかつて経験を積んだ日和見の専門家がいて、土地の日和山へ登って雲行きや風向きを調べて天気を占ったそうですね。潮の流れや鳥の飛行なども見たことでしょう。震災のさいにも、海に津波の兆候をいち早く見たのではないか……。

日和山の裏手には、昭和八年の三陸地震による津波の戒石（かいせき）が転げ落ち、横倒しになっていました。いまではあまりよい意味で使われなくなってしまった日和見の言葉など、世間ではもう当てにしてはいないのでしょう。その端緒が、福島第一原発の試運転が開始された一九七〇年頃にあったと考えるのですが、古井さんはどう思われるでしょうか。

（二〇一一年六月二十七日）

佐伯一麦様

古井由吉

言葉は浮くものです。万をはるかに超える人命をたちまちに奪った大災害をとうてい担いきれるものでない。その重みをまともに抱えこんだら、言葉は深みに沈んだきり、おそらくながらく、浮かびあがっても来ない。その静まり返ったものを底に感じながら、人はもどかしく言葉をかわして生きるよりほかにない。

それにしても「創造的復興」とか「絶望の後の希望」とか、「防災でなくて減災」だの、これはもう絶望の深みも知らぬ、軽石にひとしい。

たしかに、正当にこわがることはむずかしい。これはもう、人知の及ばぬところなのかもしれない。しかしそれ以前に、自身の内をのぞきこんでみるに、以って生まれて備わっているはずの、恐怖心がそれこそ「溶融」しかかっているのではないか。畏怖の前にはまず恐怖があると思われる。そしてこの恐怖の本来は、個別の人間の、個別の事柄へのおそれよりも先に、人知を超える力を目の前にした時に、人を一斉に襲う、ふるえおののき、すくみこみ、そして逃げまどいのことであったらしい。

しかしまた、この恐怖につねに面と向かわされては、人は生きられない。人としてのぎりぎりの尊厳も保ちにくい。そこで恐怖を畏怖へと昇華させる。遜(へりくだ)りと祈りには応答があると信じる。そのまた一方では、超越した力をあえて限定して、その範囲の内で、力を尽(つ)くして、危機に対処しようとする。もともと畏怖を踏まえてのことだったのだろうが、文明と技術の発展がやがてこの畏怖を「克服」してしまったかに見える。つれて本来の恐怖も融(と)けかけたところへ——。

安全と振興との、テーマパークのごときものに土地を「改造」してはならない。それでもこの土地に留まって生業を続けようとする住民の意志を、後押しすることが、まず始まりだと思われます。生きるために忘れるということはある。しかしこれは、忘れられずにいることに劣らず、抱えこみであり、苦しみです。風化とはまるで違います。

(二〇一一年七月十八日)

古井由吉様

佐伯一麦

　地震によって地盤が二十五センチほど沈下し、集合住宅の底部との間に大きな裂け目が生じたために、そこをネズミが出入りするようになりました。それを狙って鴉(からす)だけではなく青大将も近くの茂みから専用庭に姿を現し、さらに蛇を狙って鳶(とび)が低空飛行する……。震災後を生きているのは我々人間ばかりではないようです。川原の茂みが津波で流されてしまったためか、鶯(うぐいす)がずいぶん街中でも啼(な)くようになりました。雀(すずめ)がめっきり少なくなった、と首を傾(かし)げる人もいました。

　言葉は浮くもの、だとすれば人と人の交わりの手段としては、不完全なものでしょう。情理を兼ね備えた言葉など不可能かもしれない。だが、それを補うのは態度ではないでしょうか。震災とそれに続いた原発事故をめぐって、政治家をはじめ保安院、科学者、言論人らの様々な言説が飛び交うこととなりました。深刻なことが話されているのに、態度はどこか他所事のようであったり、根拠のない楽観を浮かべている。淀みのない話の意味内容よりも、矛盾を抱え込んだ人の訥弁の姿の方がより説得力を滲ませているということはある。「知恵は態度の結果である」という言葉や、本居宣長の「姿ハ似セガタク意ハ似セ易シ」が拠る所以でしょう。

本来の恐怖が「溶融」しているとすれば、人間の生命力もまた掠れている。おそらく事情は逆で、生命力の掠れが恐怖を融かした。恐怖に逃げまどうのは生命力の本能であり、人間が動物であった名残りでもある。ギリシャ神話のプロメテウスは天から火を盗んできて人間に与え、それが文明のもととなった。それとともに、プロメテウスはゼウスの怒りに触れて永劫の罰を受けることとなる。人間が動物と隔てられ文明を生んだ、火の使用には罰せられる要素がある、とすでにギリシャ時代には考えられていたのでしょう。

今度の震災で、都市と地方の問題が改めて浮き彫りとなりました。土地へ留まる意志は尊重されるべきですが、いま東京で暮らす人々が、祖先が土地を捨て、親類を捨て、親を捨てて東京へと流出した過去を振り返る機縁はあったのでしょうか。夏休みに入り疎開してゆく福島の子供たちを目にして、ご自身の疎開体験を重ね合わせて古井さんはどんな思いを抱いておられることでしょうか。

（二〇一一年七月二十五日）

佐伯一麦様

古井由吉

同年の知人で、東京は旧京橋区の木挽町辺の生まれ育ちの人がいます。江戸っ子と長年まわりに思われていた。ところがその本人が近頃になり、自分は生っ粋の江戸っ子などではない、と困惑気味に随筆に書いています。親たちは地方からの流入者なのだそうです。関東大震災の後のことらしい。

そのまた一方では、関東大震災を境に都心から、さらに山の手から、郊外へ流出した人も多かったと聞きます。その郊外へまた人が地方から押し寄せる。私などはその流入者の二世にあたります。

昭和の初めに、東京の西郊の電鉄に沿って、新興住宅地が開かれる。昭和の十二年に私はそこで生まれました。沿線っ子のハシリです。大震災の落とし子とも言えますか。出生の地だから、「ふるさと」には違いない。しかし私が生まれてから八年目に、空襲によって焼き払われました。開発されてから数えても、二十年足らずの土地の運命でした。「疎開」とはたしか、はじめは強制疎開の意味だった。対象は家屋でした。来たるべき空襲に備えて交通の要所の民家を、類焼を防ぐため、避難の場を確保するため、住人を立ち退かせて、軒並みに取り壊す。その現場の惨景を幾度も子供の眼で見ましたが、家屋の、そして町の、虐殺でした。しかしそのおかげで、あたり一帯が炎上した夜には、命が助かった。そして、声をついひそめたくなるところですが、あの「疎開」によって拡張された道路の幅が多くの場合、戦後の経済成長へ、ひきつがれた。

やがて疎開の要請の対象は人となりました。小さな子や老人を抱えて、地方に身よりのない人は追いつめられる。妊娠中の身で東京に留まっていた女性は白い眼で見られたという。

私は焼け出されてから、地方へ逃げた口です。逃げた先でまた焼け出された。つとに疎開していた兄たちと、一年ぶりに会った時には、あちらもそうだったのだろうけれど、知らぬ子を見るような気がしたものです。

（二〇一一年八月二十二日）

古井由吉様

佐伯一麦

焼夷弾の爆撃を受けて、「直撃を受けたら、この子を中に入れて、もろともに死にましょう」という円陣を組む女たちの叫びが、この夏に甦るのを聞きました。戦時中のことは私はもちろん直接知るべくもありませんが、古井さんの初期作品から最新作へ連綿とつながる途切れることのない声を思いました。

盆明けに広瀬川で行われた灯籠流しへ、老母と訪れました。亡父と並べて、この震災で亡くなった知人、アスベスト禍に斃れた知り合いの供養を書いていると、隣で、初盆用のひと回り大きな灯籠に、「父、母、兄供養」と記し終えた同年代の男性がいて、胸を衝かれました。震災後ずいぶん経ってまで、複数の故人名を記した死亡広告が新聞に出ていたことが思い返されました。

この灯籠流しは、江戸時代に餓死者の無縁供養のために始まりました。私にとっての

「ふるさと」であるこの一帯は、大飢饉の際に、東北各地から集まった気息奄々たる流民によって埋め尽くされた場所です。諸説ありますが、天明の冷害では、仙台領だけで死者二十五万人。天保の凶作はさらに大きく領内から三十万人の死者を出したともいいます。藩では河原に御救小屋を建てて救済にあたりましたが、悪疫に罹って死ぬ者が多く、深く大穴を掘った中に投げ込んで葬ったそうです。

その場所に屋台が立ち並び、灯籠を流し終えた人々が川風に吹かれながら食べ物を頬張っている。例年以上の賑わいでした。死者を偲びつつ酒を飲みながら、過去の災厄の上に我々は生きている、という実感を今年ほど抱かされたことはありませんでした。生死の境を淡くして暮れなずむ空に、無数の秋津が飛び交っていました。

古井さんにとっては親の、私にとっては祖父の世代にあたる先達が、応召中に留守宅を強制疎開で取り壊されていた無念を記していたのを思い出します。補償金は、再建するときの一坪分の建築費にも足りず、また栄養失調で復員した身には、旧軍人や官公吏に対しては高額な恩給を支給していたにもかかわらず、退職金も医療厚生費も出なかった。欲しいからいうのではなく、よこしたら政府に突っ返すためだ、という激しい口吻が忘れられません。いまでも文学には、怖れと怒りが底流しているはずです。

（二〇一一年八月二十九日）

佐伯一麦様

古井由吉

江戸時代の大飢饉の何十万にも及んだ犠牲者たちの、無縁供養に始まったと言われる灯籠流し。夜の川に「父、母、兄」と、この三月の大津波に失われた新仏たちの、名を記した灯籠が流れて行く。

無縁という言葉は私のような年寄りの内に、まだ何がしかの怖れの念を呼びさまします。「無縁さん」と、子供の頃から聞かされていました。うかうかとしていると、果ては無縁さんになってしまうぞ、という戒めでした。そのまた一方では、運命によってはいつどこで、無縁者として果てるかしれない、と。

大飢饉の伝えられていない往還筋にも、行き倒れの無名の霊たちを祀(まつ)ったと思われる石仏があるそうです。都市には「投げこみ寺」と称されるものがあった。私自身、もしも空襲の夜に火に巻かれて、母と姉とともに死んでいたら、勤め先に詰めていた父は駆け戻って、三人の「身元」を確認するまでに、何日かかったことか。

旧習旧弊の打破が叫ばれた。じつは戦中からのことなのですが、戦後になりその促しは一段と急になった。解放ではありました。なかでも、血縁の束縛が時代を追ってゆるんだ。それにつれて地縁もよほどゆるんだ。たとえば若い男女の恋愛は、昔はそれぞれ「何処の誰」つまり血縁や地縁に縛られて、本人の情にはなかなかまかせられなかったのにひきかえ、いまやそれぞれ自身のことを「何処の馬の骨とも知れぬ」者と突き放すことによって、お互いに自由の身となった。もう一度言いますが、解放でした。しかしその分だけ「無縁」になった。

家屋もだんだんに土から離れて、土の湿気と臭気の、うっとうしさからまぬがれた。高層に住まう人が、室内で飼っている犬を地上に放つと、ひとりでは棟までももどれない、と苦笑していました。しかし俺も、さらに年を取ったら、どうなることか、とそれからちょっと深刻な顔をした。近年のことです。

土とはまた、死者たちへ通じる路でもないでしょうか。

（二〇一一年九月十九日）

古井由吉様　　　　　　　　　　　　　　　　佐伯一麦

3・11から半年が過ぎ、東北は稲刈りの季節を迎えました。仙台平野の沿岸部は、多くの土地が汐をかぶり作付けが出来ませんでした。日本の米作りの一角を支えてきたこの土地は、よく比較される貞観(じょうがん)津波よりもよほど近い、四百年前の慶長の大津波の後に、湿地を切り開き苦難を越えて営まれてきた場所だと聞いています。復興計画次第では、この土地も人が住めなくなるかもしれません。

先祖代々の土地を追われても、それでも新たに土地を開墾して暮らしを成り立たせる。明治維新の際に幕府軍に加わった伊達藩は、多くの土地を召し上げられ、今回も甚大な被害を受けた仙南の亘理(わたり)などから、北海道へと集団で移住しました。室蘭市に隣接する伊達市などの地名にその名残りをとどめていますが、移住先にあっても、郷里の土につながる、の心はあったのでしょうか。

震災後も元の土地に留まりたいとする東北の人々に対して、なぜそこまで旧習にとらわれるのか、と首を傾げる声も仄聞します。小生はもちろん、土の鬱陶しさから逃れたほうですが、このことにおいては、同じ国にあってもなかなか話が通じ合わない悩ましさを日々痛感しています。

7・22に爆弾と銃乱射によるテロの災難にあったノルウェーのピアニストと、先日会話をする機会がありました。彼は9・11もニューヨークで体験し、そのときも今回も、追悼演奏会で音楽を奏でることが人々に与える何かしらの意味を実感したと言います。軽々しく言えることではありませんが、例えばクラシックの演奏家が元とする楽譜は、すでに亡くなっている作曲家たちの遺書、遺言ともかんがえられる。だとしたら、それを演奏するということは、その都度、死者の魂を甦らせる意味合いを自ずから含むのではないか。我々の言葉もまた、自分以外の他者によって語らされていることがあるのかもしれません。

避難所で大人たちが、「あの世」や「この世」と語り合っているのを聞いて、そばにいた小学生の子供が、「ここはあの世? この世? それとも、あいだの〝その世〟?」と訊ねたといい、あどけない口調が、私の胸にも留まるようでした。子供というものは何でも知っているものだ、と改めて思わされました。

(二〇一一年九月二十六日)

佐伯一麦様

古井由吉

安政の大地震と言えば人は江戸の大震災のことと思うようですが、じつはその前年に近畿、東海、東山、南海道がそれぞれ大地震に見舞われたそうです。江戸の近くでは伊豆の下田が大津波に襲われたという。ペルリの来航もコレラの大流行もその数年の間のことになります。安政と平成と——なにやら酷(むご)い諧謔(かいぎゃく)に聞こえませんか。

安政の江戸の大震災は一八五五年、それから六八年経って大正十二年は関東大震災、昭和二十年の大空襲は安政の大震災から九十年。どこの地方でも、水害や飢饉などもふくめれば、同じような、あるいはもっと頻繁な厄災の年譜になることでしょう。

太平の世に生まれ合わせて、いや、結構なことです、とそんな言い方が昔はありました。正直、有難(ありがた)い、ということろに、よくも呑気(のんき)に生きているものだ、と自嘲の念が混じったようです。親の代あるいは祖父の代の厄災にしても、語り継がれてその恐怖が孫子の内に遺っていたしるしと思われる。遠隔の地のことでも、人の口から口へ、表情から表情へ、運ばれてきた凶事は、かえって恐怖を増幅させる。それにひきかえ今の世の、映像や活字によって伝えられる「情報」は、より迅速正確なのは結構なことだが、受ける側の、それなりの体験としては、どうか。

平穏な世が続くと、人の話す言葉は短く、やがてはきれぎれになる、と言われます。てんで勝手に走っているようで、じつはいつかひとしく均らされて、言葉がたやすく通じあう、と思いこむせいでしょうか。しかしそんなわれわれの内にも、ほとんど意識をのがれて、ぽつりぽつりと滴りながら、息の長い「訴え」が、ひそんでいるようではありませんか。言葉よりもその口調、あるいはただ声音の、いましがたまで遠くに聞こえていたその余韻のようなものが。見も知らぬ遠い人のような声音で話している自分に気がついて、怪しむこともあるでしょう。

（二〇一一年十月十七日）

古井由吉様

佐伯一麦

私の住む仙台市の隣の多賀城市の住宅地に、「末の松山」という歌枕があります。「君をおきてあだし心をわがもたば末の松山波も越えなむ」と九〇五年に奏上された古今和歌集の東歌に撰ばれ、以来、清原元輔をはじめ多くの歌人たちに詠まれました。

反語的な表現もありますが、いずれの歌も、末の松山を波が越すということは起こりえない、との意で用いられています。恋を歌っていることから、やや大仰な表現と思われがちですが、貞観以来の大津波に襲われることとなって、その比喩が当時の都人の実感に即したものだったと気付かされました。八六九年の貞観津波の際に、陸奥国府が置かれていた多賀城の、近くの小高い丘の上の末の松山だけは波が越えなかった、という口伝えの噂が都人の耳にも聴こえ、それが歌枕の故事となったのでしょうか。

今回の津波でも、波は末の松山を越えませんでした。その麓近くには、同じく芭蕉が

『奥の細道』で歩いた歌枕の「沖の石」がありますが、こちらは車が流されてくるなど津波が押し寄せたそうです。慶長三陸津波の七十八年後の一六八九年に芭蕉はここを訪れて、浦漕ぐ船の「つなでかなしも」と和歌を詠んだ古人の心を知ってかえって哀傷の思いを深め、鄙(ひな)びた調子の奥浄瑠璃を聞くともなく聞いています。

寛永の大飢饉の直後に生まれ、元禄地震の九年前に亡くなっている芭蕉は、大きな厄災には遭わずに済んだ太平の世に生まれ合わせたといえるかもしれませんが、旅に出て歌枕を訪ねることは、厄災の中で生きた古人たちの心へつながることだったのだと、いまにして改めて思わされます。

津波の後、捜索に当たった人から、年若くして亡くなった犠牲者の手の多くに、携帯が握りしめられていたと聞きました。あの日は、確かに停電によって避難放送も聞こえなかったために情報が求められていた。家族同士の安否を取り合う必要もあったことでしょう。しかし、救いを求めて差し伸べられた手に携帯が、という光景にはいまだに魘(うな)されるようです。震災以降、自分自身の手を奇妙な思いで、じっと眺めることが多くなりました。

（二〇一一年十月二十四日）

佐伯一麦様

古井由吉

若い犠牲者たちの手に、携帯が握りしめられていたとのこと。目に浮かびそうでなりません。私も夜な夜な自分の手をつくづく眺めたことがある。入院中の、寝たきりの床の中からでした。物をつかんで、物にすがる、そんな手つきをして見ては、はっと驚く。人は最後に手だけになって果てるのではないか、と思いました。手こそ末期にわずかに外へつながる、命綱か、と。

それにしても、携帯をとる手には、津波の切迫を感じながらも、まだ一点の日常があったかと考えると、生きるということも、おそろしいことに思われる。

貞観の津波は「末の松山」を越さなかったが、慶長の津波は「沖の石」を呑んだらしい。それから七十八年後に芭蕉が「奥の細道」をたどってこの地を訪れた。その芭蕉はよほど太平の世に生まれあわせたように見えますが、年表に照らせばどうして、諸国に大地震あり、大火あり大水あり、飢饉あり疫病あり、ひきもきらない。転機となった「野晒紀行」の旅の年には、疫病が西国から東海関東にまで及んで、多数の死者を出している。その流行もおさまりきらぬうちに旅立った。まさに、骸を野に晒しても、の気合です。

その後の吟行でも芭蕉はしばしば、行く先々での疫病の流行の消息を人の噂に聞いて、旅程を調整しているように見うけられます。そう思って読めば、身体の危機を予感しているような句がある。危機が過ぎて、安堵に包まれているような句もある。どちらも匂いとして、温みとなって、伝わってくる。日本の古い詩歌の多くは、遠い近い災害への感応から、生まれてきたものではなかったか。

何にしても、地震の巣窟のような列島に生きてきた民です。大昔は沼地湿地がひろく占めていたと言われるように、溢れんばかりの水を、灌漑によって宥め馴らして水田耕作をひろげ、それを糧として人口をふやしてきた国です。天変地異にたいする敬虔さがあった。

（二〇一一年十一月二十一日）

古井由吉様

佐伯一麦

早朝に上京する機会があり、駅まで運んでもらったタクシーの運転手が、「また、寒くなるねえ」とつぶやきました。その後を続けなくとも、3・11の頃の寒さを思い出しているのが窺(うかが)われ、深く頷(うなず)かされました。

東京では、震災後に初めて再会した知人から、今年は時間が経つのが遅かったでしょうと声をかけられました。確かに、ライフラインが途絶えていた当初のひと月は、復旧を待ち望んでおり、時間が経つのが遅かった。しかしその後は、復興の掛け声もあってか前のめりとなりがちで、時間の流れがはやく、震災は昨年のことだったような気もしてきます。まして、何事も無かったようなたたずまいをしている東京にいるとなおのこと。深夜に仙台へ戻ると、やはりまだ滞っている時間もあると感じられました。

古井さんも述べておられましたが、私も震災以降、「明後日」「来週」「三カ月後」といった近い未来の時間を記そうとするたびに、手が強ばるようになりました。それまでに異変が起こらないとは限らない、と頭ではなく、身体が反応してしまうのでしょう。さらには「昨年」「三日ばかり前」という過去の時間さえ恣意と思えて書き進められなくなる。

そんな難渋をしていた夏頃から、週に二度、夕暮れどきに豆腐屋のラッパの音が遠くから近付いてくるようになりました。軽のワゴン車の運転席に息子が、後ろの座席に六十がらみの父親が後ろ向きにちょこんと座って年代物らしいラッパを吹く。地震で店を壊されてしまったので、移動販売をはじめたものらしい。

今の世の言葉が短く、切れ切れとなるのは、その意味だけを捉えようとするからでしょう。その言葉が発せられる姿、口調も含めてのものであるにも拘わらず。豆腐屋のラッパの音には、息の長い「訴え」がこもっていると感じられます。仕事の手を休めて、そろそろラッパが聞こえてこないかと耳を澄ませながら、また自分の手を見遣る……。

色付くや豆腐に落ちて薄紅葉

と立机した年に詠んだ芭蕉も、四年後の江戸大火によって庵の焼失に遭っていたと気づかされました。

（二〇一一年十一月二十八日）

佐伯一麦様

古井由吉

震災後、東京でも人心が変わっただろうか、とすっかり出不精になった年寄りがたまに街へ出るたびに若い人にたずねています。すこしも変わっていない、と言下に否定する人もあれば、変わったような気はするけれど、さて、どこがどういうことになると、と言い淀む人もある。

それはともかく、あの震災の暮れ方に都心のほうにいた大勢の人が、日ごろなら一時間半ほどで着く自宅まで三時間も四時間もかけて帰ってきた。近隣の町まで来てほっとしたそのとたんに、見も知らぬ土地をたどってきたような、そんな気がしたそうです。

高層ビルの高い階にいた人たちも大勢いる。ゆさりゆさりと大きな横揺れもさることながら、細長い建物が弧を描いて振れているように感じられて、いまにもよじれて、ポッキリと折れてしまうのではないかと思われたそうです。鉄骨という鉄骨の軋む音は、阿鼻叫喚にも似ている。さて揺れがおさまって、ひとまず地上へ退避しようとすれば、いつもはエレベーターでたちまち着くところを、階段をたどって、いつ果てるともない、長い長い道のりとなる。しかも地上に降り立ったところで安全とはかぎらない。

その晩、渋谷の駅の近くの繁華街にいた人の話によると、帰りの足を奪われた人たちが、夜になり余震もおさまっているようなのに、車の通らない大通りの真ん中のほうへ、おのずと寄り集まってひしめいていたとのことです。道路に立って見あげる眼には、見馴れた街がさぞや、災いぶくみの、気味のよくない空間に映ったことと思われます。

それまでは確かなものとして踏まえていた空間と時間に、震災に揺すられて、罅が入ったことになりませんか。つまり、いつなんどき破れるかしれないと感じられる。時間と空間の枠が崩れれば、すべての営為に狂いを来たす。しかも、しばしの麻痺にも耐えられるようには今の都市はできていない。

この罅割れはわずかなものにしても心の底に遺って、遠隔の大都市でも紆余曲折しながら全体の人心をすこしずつ変えていくのかもしれません。

（二〇一一年十二月十九日）

古井由吉様

佐伯一麦

仙台は、この冬二度目の沫雪（あわゆき）となりました。津波に被災したり、親類縁者の面倒を見たりといった生活に追われていた人たちと集まる機会を、震災から九カ月を過ぎた頃となって、ようやく持てました。身内を亡くした人は、震災の話題が出る場にはまだ出たくないと欠席でした。多くの年配者たちが、震災以来不眠に悩まされ、いまだに導眠剤の世話になっていると話していました。

私は、夢の中身が変わりました。震災当日の恐怖が蘇（よみがえ）るわけではなく、震災前のことが夢の中に出てこない。遠い幼少期のことが出てくることはあるのですが、それさえも震災後の雰囲気を濃厚に湛（たた）えているようなのです。

うわべからは窺い知れぬとしても、確かに東京でも人心に変化はあったのでしょう。震災の日、自宅までの道を歩きながら、ふと東京タワーを見上げると、曲がった先端が赤く輝いており、時と空間に異物が紛れ込んだような感触を抱いたという若い人がいました。その鉄塔は、ねじ曲がったまま、いつの間にか風景に馴染(なじ)んでしまったようでもある。そんな夢なら私も震災後に見たことがあるように感じつつ聞いていました。

大きな戦禍があった地域では百年は人心の荒廃が続く、と昔の人は言ったそうです。それはともかく、近頃、断言調で話す人が多くなった気がしています。目の前の事柄を、ともかく決めていかないと前へ進めないのはわかるのですが、いま遭遇している多くは、解決不可能な、あるいは相互矛盾が避けられないことのように思われます。自治体との話し合いでいったん集団移転と決まった地区の人が、半壊し敷地に人が流されてきた家をそれならと取り壊してしまった後で、現状地に住むことに見直しがなされて途方に暮れた例もあると聞きます。

年末を迎えて、今年も街路樹にはイルミネーションが盛大に灯(とも)ることとなり、連日多くの見学者たちが詰めかけているようです。その光に希望の象徴を見出(みいだ)す思いに難を唱えるつもりはありませんが、震災からの数日間を過ごした蠟燭(ろうそく)の明(あか)り、そして星の明り、月の明りが忘れられません。先の出席者の一人が、自分は夜空の一番星に気付いたのは十月に入ってからだった、と思い出したようにつぶやいていました。

（二〇一一年十二月二十六日）

佐伯一麦様　　古井由吉

元日の午後二時二十八分頃、また揺れました。三月十一日を思わせる瞬間もあった。さいわいそこまでは行きませんでしたが、はるか南方海洋上の鳥島辺を震源として、関東から三陸までひとしく震度四を記録した。海底の広域にわたってまだ地板(プレート)のひずみが遺っているらしい。

大震災のあおりを受けて東京タワーの先端が曲がっているとのこと、まだこの眼(め)では見ていませんが、いつか都心のほうへ出かけてたまたまそれに気がついたとしたら、話にはつとに聞いていたことも忘れて、つい昨日その異変が起こったかのように、ぞっとすることでしょう。あの塔が建ったのは今から五十三年あまりも昔の経済成長期になりますが、当時、塔の脚が墓地の跡を踏んで立っているということで、怪談めいた話が伝えられたものです。

元日の地震のおさまった後でテラスに出て、いましがた枝先をちりちりと震わせていた桜の枯木(かれき)をつくづく眺めました。何と屈曲した枝の張りなのだろう。樹齢は四十年をゆうに越えていますが、たびたびの大風や、あるいはときおりの地震によってひずんだ樹形のつりあいを、枝を複雑に伸ばすことによって、取りもどしてきたものと見える。くりかえされる不均衡の均衡。人間の記憶もそんなものでしょうか。

生まれた家での幼年期の記憶が私にはとぼしい。満でまだ七歳の時の空襲にその家が燃えるのを目の前に見たせいらしい。ひとりの姉があったので、家には雛(ひな)人形があった。節句が過ぎれば人形たちの顔に和紙をかぶせ、箱に納めて天袋へ、高い所にある戸棚にしまう。その人形たちが、家に火のまわるにつれて、焼けていく。そんな光景を見たわけもないので、あくまでも想像だが、記憶にひとしい。これも樹木の傷跡の瘤(こぶ)からヒコバエのようにくねり伸びた枝のようなものですか。

回復と言い復興と言い、傷を負った樹が屈曲しながら、生長していくのに、おそらく変わらない。

（二〇一二年一月十六日）

古井由吉様

佐伯一麦

暮れの三十日は、としよりが独り住む生家で、連れ合いとともに例年どおり神棚を飾る年越しの手伝いをしました。私たち子の世代に、その風習が引き継がれることはありませんでしたが、五十五年前に家を建てたばかりの両親が初めての正月を迎えたときの気の弾みが窺えるような心地がしました。

以来、補修に修繕を重ね、一九七八年の宮城県沖地震も屋根瓦が流れたもののどうにか持ちこたえ、今回も屋根の他にブロック塀が崩れたものの、改まった姿で正月を迎えることができました。その都度の最低限の補修が施された繋ぎ目繋ぎ目(つな)に時間が滞っているように感じながら、更新の健やかさに支えられた暮らしなど、我々に与えられたためしはないと思いました。まさに不均衡の均衡です。

新年は祝いの言葉を省いた賀状が多く届きました。喪中でもないようなのに、寒中見舞いとした人も多かった。住所が変わった地元の知人も何人かありました。そして午後には、はるか南から伝わってきた地震。ゆさゆさと揺られながら、規模は違えど、九カ月前の東京もこれに似ていたのだろうか、と思いを馳(は)せました。

ひさしぶりに寒い正月でした。七草の翌々日、今年初めての満月が上った大潮の頃には、防潮林の松林が消え地盤沈下したために海の面積が広くなった印象を受ける沿岸の土地のところどころが、湿地となり光っていました。その手前に、私の住まいからは大きな欅(けやき)の木が見えます。近所の年長の知人が苗木から植えたもので、三十五年ほど経つという。その歳月を思うと、私なども自身も禍にあったアスベストの潜伏期間のことを考えずにはおれない。昨年も高度経済成長期に建築現場の仕事をしていた知人がアスベストが原因の中皮腫で斃れました。眼に見えない汚染の被害は必ず後年になってあらわれてくる。

年末の集まりに欠席した人から寒中見舞いが届きました。あの日のことを忘れる努力をして、前を向いて暮らしていると文面にあり、つと窓の外へ目を遣ると、竹箒(ほうき)を逆さにしたような欅の枝先に、冬の青空が広がっていました。終戦の日も夏の青空だったそうですが、土とともに空もまた死者に通じていると見入りました。

（二〇一二年一月二十三日）

佐伯一麦様　　　　古井由吉

先日、備忘用の書き付けをめくるうちに、変色しかけた古新聞が出てきました。一面トップの見出しに、「少子に備え小さな政府」とあります。経済財政白書の呼びかけです。「バブル後と呼ばれた時期を確実に抜け出した」という見立てです。二〇〇五年七月十五日の記事です。

その一面の左側には、「石綿死者三七四人」という見出しがあります。経産省の発表です。そしていわゆる三面のトップの見出しには「中皮腫、潜伏平均三八年」とある。

バブル後云々（うんぬん）のことは、私は当時から、そうは抜け出せるものではなし、また抜け出してしまってもいいものではない、と考えていたので頭（かぶり）を振って読みすごしたはずですが、石綿による中皮腫のことは、若い頃に配電の仕事でアスベストの粉塵（ふんじん）を深く吸い込んだという貴兄のことが気がかりになり、入退院をくりかえしておられるという噂も耳にしてましたので、その新聞を書き付けの間に折りこんだものと見えます。

貴兄の青年期は八〇年代、それに対して私の青年期は五〇年代から六〇年代にかけての、経済成長に速度のついた頃にあたります。その当時、晴れた日の午前中に多摩川の段丘に立って対岸を望むと、京浜工業地帯から、黄色い雲がおそろしいように、盛んに湧きあがる。そのスモッグが、半時間もして家にもどった頃には、上空にまで押し出している。晴れているとも曇っているともつかぬ午後になる。私の母親は七一年に肺癌(はいがん)で亡くなりました。

その母親の危急を知らされた暮れ方のこと、病院へ駆けつけるために大通りで車を拾おうとすると、事情を話しても、つぎつぎに乗車を拒まれた。どの空車も羽田空港へ向かって急いでいたようです。

経済成長の後遺症は身体ばかりでなく、心の内にも留まるようです。車の奔流のそばに立ちつくしたあの時の私にしても、この忙しい御時勢(ごじせい)に是非もないことか、と思ったものです。

(二〇一二年二月二十日)

古井由吉様

佐伯一麦

二〇〇五年六月三十日の朝、朝食を摂りながら朝刊を広げたとたん、一面の記事に目が釘付けとなりました。クボタが「尼崎市の旧神崎工場で働いていた従業員ら七十八人が、アスベストが原因のがん、中皮腫などで死亡していた」と発表し、さらに近隣住民にも中皮腫患者がいることを公表した、と報じた、いわゆるクボタショックの幕開けでした。

アスベストによる健康被害は、それに接する仕事に従事していた者にとってはすでに瞭かとなっていましたので、何を今さら、という思いが拭えませんでしたが、一般の市民にも多大な被害が及んでいたことに暗然とさせられました。実は、震災に遭う数日前も、うなぎ屋を持つ夢が叶うことなく四十代の若さで中皮腫で亡くなった人の話を、尼崎でお兄様から伺っておりました。尼崎といえば、かつては大気汚染による公害で知られた所ですが、それが克服されたときになって、高度成長期の後遺症が遅れてあらわれたことに、我々の社会が抱えている死角を想いました。

古井さんが車の奔流に立ちつくした一九七〇年の暮れ、そのひと月ほど前には、三島由紀夫の自決がありました。日本の行く末への悲観があったものと思われますが、遺作となった『天人五衰』の「記憶もなければ何もないところへ、自分は来てしまった」という結語の空虚感が、昨夏、はじめて理解できるような気がしました。七〇年以降の社会は、三島も死角に入れてきたのかもしれません。

電気工をしていたこれも後遺症でしょうか、いまでも私は、「私」を認識する小説を書きながら、高い足場の上で作業しているような思いにとらわれることがあります。危険な高所では、自分がいる場所をしっかりと把握していなければいけない。だが、それを意識しすぎると、足が竦んで動けなくなってしまう。魔が差すこともある……。後になって振り返り、ぞっとさせられることもしばしばです。

今朝も、仕事を始める前に、足場へと上る心地で窓辺へ立ち、集落が消えた沿岸の方を眺めやっては徒労感を覚えました。薄雲を透かした陽に、海が白く光り盛り上がって見えます。今度の震災によって新たに抱え込むこととなった死角もまたあるのかもしれない。

（二〇一二年二月二十七日）

佐伯一麦様

古井由吉

人は年を取っても、年を取らない日付がある。三月十一日がそれでしょう。私にとってはもうひとつ、三月十日という日付があります。六十七年前、東京の本所深川を中心とした一帯が大空襲により炎上した未明のことです。十万人に及ぶ犠牲者を出した。遅れて五月二十四日、我が家の焼けるのをまのあたりにした未明の、その日付に劣らず深く刻み込まれています。七歳の少年の、恐怖の始まりでした。

その恐怖の跡地に戦後の社会が積まれて行った。衣食も足らわぬ世に何ほどのこともできはしないと思ううちに、復興は急速になり、復興の水準も超えて、みるみる高く建ちあがり、気がついてみれば、自分も文明技術の高所に暮らしていた。二階に住まおうと、二十階に住まおうと、同じことです。

それがあらゆることにわたって、私の内にひそむ高所恐怖の、正体のようです。文明技術あるいは経済流通の高所はつねに、地震がなくても、ゆらりゆらりと揺れる。揺れるのが耐震構造のしるしだと言われるのを、さしあたり、信じるよりほかにない。疑ったところで梯子から降りられないので。そこへ千年に一度とかの大災害が実際に来た。「千年目」が「今日」になった。考えてみれば、大自然にとっては、千年も一日にひとしい。

せめて節電につとめました。しかしもともと、筆一本にあまり負荷が掛からないように、電力の使用もごくつましくしてきたので、毎月届くお勘定書きを見ても、前年同月比はいくらの減にもならない。そのかわりに、自分の暮らしが何と、巨大なエネルギーの生産を前提として成り立っていることか、と思い知らされる。この生活がおのずと、原発を要請しているのだ、と。いまさら何を言う、とご先祖たちが笑っている。

むこう千年とは言わず、百年という歳月を、近未来の危機として、つきつけられたことになる。やがて七十五歳になるこの私が。いや、あと三十年ほどで世界は危機域に入る、と思えば今は幼い孫たちの顔が浮かぶ。

言葉というものに従事する者としては、もっと長大な過去に、言葉をどうするつもりだ、と睨（にら）まれる。

（二〇一一年三月十二日）

古井由吉様　　　　　　　　　　　　　　　　　　　佐伯一麦

今年の三月十一日も小雪がちらつく寒い日となりました。旧暦では二月十九日となるので、夜のテレビ報道を視ながら寝待月を待ちましたが、昨年のように夜半になって晴れ渡ることはなく無月でした。震災の夜に上った七夜の月が、一年を経て巡ってきたのは二月二十八日の夕で、この日こそ一年の後と思い定めて月を待ちましたが、雪が降りしきり心の月を眺めることとなりました。

昭和二十年三月十日は、内田百閒の『東京焼盡』の記述では二十五夜だったようです。「夜半に空襲警報が鳴り出し、表へ出たときに暗くて時計が見られなかったとあり、逆三日月の形をした月はまだ出ていなかった。五月二十四日の未明に、麴町の居宅から南の空が赤くなるのを目にした百閒は、十二夜の月が澄み渡っている下で、敵機の飛行が如何に残虐であってもこの小さな家をねらうと云う事は有るまいと思うが、二十五日には焼け出されることとなる。

震災から一年が経ち、この一年がとても長く感じられたという声を文章などで見る一方で、何もできないうちにあっという間に一年が経ってしまったという歎き(なげ)を耳にします。後者は私の近辺で、私の実感もそれに近い。時間の流れればかりではなく、上京して集まりなどに出席すると、皆若々しいな、と嘆息させられる。人の歳(とし)の取り方にも影響を与えるものなのでしょうか。その生き心地のなか、自身の足元も比喩ではなく地盤沈下しているので、薄氷を踏みながら「いま」「ここ」を捉え直している。いずれにしても行き詰まりにあったことは確かで、震災前の自分を拒絶したくなる思いも兆すようです。

我々の暮らしが巨大なエネルギーを必要としていることを改めて気付かせることとなった震災の年はまた、テレビがアナログからデジタル化された年だったと皮肉に振り返られることもあるかもしれない、と自宅の隣に聳(そび)え立つデジタル放送用のテレビ塔を見上げます。どれほどの現役のテレビが買い換えと称して大量処分されたものか。特に高齢者層では、歓迎される声をあまり聞かなかったにもかかわらず。

もし、今回の震災を本質的に捉え表現する文学が生まれるとしたら、その担い手はもはや私たちではなく、震災の悲劇に直面し、これから成長していく子供たちなのではないでしょうか。彼らが文学としての言葉を持ったときに何を表現するか。そのときに震災とその後の意義が、はじめて明らかになることもあるように思えます。そのために、想像力を禁じた現実の記録を残しておく必要はある。十数年前、太宰の没後五十年の対談を行った折に、『ヴィヨンの妻』には存在していたはずの焼跡の風景が出てこず、だからこそ神話的なものとなっている、という古井さんの慧眼も新たに思い出されています。

今日も、窓辺へ立つと、色をうしなった名取川の河口付近の沿岸の土地が見えています。これから新月に向かい、満潮を迎えてまた浸水する。それでも歳月を含んだ人の営為の跡であることには違いありません。千年が一日となっても、一日からはじめなければならず、ともかく一年が積み重なった。時間がいったん断たれたところから時が生起するのをいまはじっと待ち受けています。

（二〇一二年三月二十日）

あとがき

古井由吉

大地震から一年が経ったかと思うと、さらに一月(ひとつき)、二月(ふたつき)、三月(みつき)と、時はとめどもなく流れて行く。そのまた一方では、月日のどうにも過ぎない被災者も多いのだろう。

昭和十二年の晩秋に私は生まれている。その頃、関東大震災からもう十三年も経ったのか、と大人たちは折りにつけいまさら驚いたに違いない。それからわずか八年足らずして、東京ばかりか全国の諸都市がさらに徹底して焼き払われ、何十万もの人命が犠牲になるとは、夢にも思っていなかったことだろう。

敗戦後の十年ばかりは、震災からも戦災からもまぬがれた古家が東京でもわずかに残っていた。そんな家に、焼け出された私の一家は何年か身を寄せていた。内廊下のつきあたりに、大震災のなごりだそうで、梁の傾いているのがはっきりと見えた。表通りを都電が来るたびに、家はゆさゆさと揺れた。まして強い地震の時には、同じような古家の集まった路地は、鳴りどよめくばかりだった。よくも平気で暮らしていたものだと後からは思われるが、住宅難の世の中、越すあてもなかった。

戦後二十年ほどまでに、東京オリンピックのための大改造を間にはさんで、東京の街の戦災の爪跡はほぼ掻き消された。押し均らされたように、私には思われる。道路はひろげられ、区劃は整理され、家はビルに建てかわり、昔の地所をここと指差すこともむずかしくなった。その頃の様子すら、さらに二十年ほど経つとよくも思い出せなくなるほどに、街は年々変わって行く。

一九八〇年代、私が東京の街に居ながらによそ者のような心になっていた頃、佐伯一麦氏は若き電気工として、建築や改修や解体の現場にいた。その佐伯兄と、また年月が経って一九九七年から九八年にかけ、最初の往復書簡をかわすことになった。阪神大震災の後、戦後の経済成長はいよいよ行き詰まりに入っていた。その往復書簡の中で佐伯兄は、

――阪神大震災で、人々は家の構造というものにはじめて目を向けたように思えますが、外壁が崩壊して内部が露出した様は、何の変わりもなく建っていると見える建物に対して、常に私の目が透視している光景でもあります。

そう書いて寄越した。アスベスト吸入の後遺症に日々苦しんでいる頃だった。それにつ

いて私は、

――工事現場の体験が、あなたにとって、「私」を認識する試みの出発点であった。危険な場にいる自分を常に意識していないことには生命も脅かされる。その必要からして、いまある「私」の認識を迫られたとのこと、自己認識とは本来、そこから始まるものだ、と私も考えます。

そう答えていた。私も長年の酷使のせいか眼球に故障を来たして病院を出たり入ったりの時期にあった。

あれから十三年も経って、このたびの大震災を機に始めた往復書簡も、前回の後にすぐに、そのまま引き継がれたように、私には思えてならない。

手紙が紡ぐ「時」の流れ

解説

富岡幸一郎

往復書簡。もちろん手紙のやり取りのことだが、この二十年間のインターネットなどの情報機器の飛躍的な発展によって手紙を書く人は減り、スマホ世代には書簡という言葉も死語とまではいかなくとも、身近な響きではなくなっているだろう。遠い場所にいる人、例えば地球の裏側にいる人間と一瞬のうちにコミュニケーションをとれる。この利便性は、空間の近さに対して時間という観念を希薄化する。時間が失われて空間が拡大する。これはわれわれにとって決定的な変化である。何にとって？　むろん言葉である。なぜなら、言葉はつねにある種の時間性を孕んでいるからである。時間の感覚が失われるとき、言葉は伝達の道具に堕ちてしまう。哲学者のベンヤミンは、そのことを創世記の楽園では一切の存在と精神の本質が交響し合う魔術的共同体があったが、アダムの堕罪とともに言葉は伝達機能というエセ魔術になったと比喩的に語った。

古井由吉と佐伯一麦というふたりの作家の交わすこの書簡集は、その意味ではこれまでの文学史にもあった互いの創作の動機や秘密を明かすといった小説家の手紙とは、全く違う。一九九七年から二〇一二年へ、そして現在までの四半世紀に、この現実世界で何が起こったのか。表層の現実のその変化の奥底にあるもの、まさに言葉の道具化＝奴隷化という事態を露わにしているからである。

オスロに滞在する佐伯氏の冒頭の手紙（一九九七・一一・一）は「時間の内実」と題され、八月末に到着した異国の街の猛暑が一ヵ月足らずで冬へと移り、アパートの前のマロニエの木の緑色の濃い葉がたちまちに黄葉して裸木となっていく様子が記されている。それは風景の、つまり空間の目に見える変容ではなく、時間の急激な、驟雨のような滴りである。「……ふと、自分はなぜここにいるのだろう、という思いにとらわれたときに、「僕はまずここで見ることから学んでゆくつもりだ」というリルケの『マルテの手記』の言葉が、一日のはじめに初心のように浮かび上がったことでした」と作家は書く。

一八七五年にプラハに生れたドイツ語詩人リルケがパリに移り住み「見た」ものを『マルテの手記』（一九一〇年）は綴っているが、それはただ自分の内なる孤独や寂寥感ではなく、新しく始った二十世紀の地平で起りつつあること――前世紀の人々が、その秩序や価値の前提としていた現実感覚の変容であった。

それは言葉というものとこの世界との乖離である。二十世紀文学はこの予感から出発したといってよいが、現代日本文学でこの言語の危機を、最も尖鋭に表現者として体現したのが古井由吉であった。

やはり、リルケの「マルテの手記」を思いましたか。パリならぬオスロで。流亡の身ではなくして。打ち明けますと小生にもときおり、いつか自分の「マルテの手記」を書くことになりはしないか、という思いが去来します。還暦を超えるこの年齢で。国に、東京の郊外に居ながらに。思いというよりは、ほとんど、おそれです。言葉を失うことへの恐怖です。

（一九九七・一一・八　東京）

この「おそれ」こそは、作家の原感覚である。

古井氏は一九七一年「杳子」で芥川賞を受賞し、その後五十年、二〇二〇年二月に八十二歳で逝去するまで現代小説の最先端を切り開いていった。ドイツ文学者としてリルケ以後のブロッホ、ムージルという作家の翻訳に取り組み、現実を映し出すリアリズムの限界を突き抜けていく文学言語を、日本語に移しかえていくところから、作家へと転進した古井氏にとって、言語の危機はその出発点であった。作家は「翻訳と創作と」(二〇一二年)という講演でこう回想する。

特に象徴主義、神秘主義の傾向のある文章では、その頂点にいわく言いがたい境、黙示的な境があります。そこで読者はしばし宙に迷う。予感と理解のはざまと言ったらいいでしょうか。まして翻訳者は言語の宙に迷うのです。原語と母国語のはざまと言ってもいい。グレーゾーンに放り出されるんです。つまり、宙に浮く。しばし言葉を失うということです。

ここを原点として、古井氏は日本文学史でかつてなかった硬質かつ緊密な抽象度の高い日本語文体をつくり上げていった。それは一見するとリアリズムとは異質なもののように思われるが、実は現代世界の、その現実と社会の微細な流動をこれほど精確かつ稠密に作品化した作家は他にいないのである。人間の内面にこだわる「内向の世代」などと文学史ではいわれたが、古井作品はむしろ逆に、現実の外界の正体を描き出すところに最大の特色があった。

一九八四年、二十五歳のとき「木を接ぐ」という小説で文芸雑誌「海燕」の新人賞を受賞し作家デビューした佐伯一麦は、ポストモダンといわれた当時の思潮に抗するかのように日本の「私小説」の伝統を受け継いでいく。それは「私」を主体（明確な視点）としたリアリズムの表現のように思われたが、ここでも逆転が生じる。作家が異国での生活を始める閑静な街のアパートメントの外壁が剝落し、窓ガラスの破片が散乱しているように、「私」という存在は危うい無秩序の宙に漂う。

「私」の完成ということに私小説の主眼をおいた作家もあります。また、「私」の絶対的な主観というものを反時代的に、強く押し出していく体の私小説の表現の道もあるでしょう。

しかし、私のは、どうもそれらとは違う。主観を打ち立てたくて、というのではなく、私が「私」を客観することの不思議さに捉えられ、一行一行ごとに生成惹起される「私」というものを何とかして言葉で束（つか）みたい、という欲求に衝き動かされているようです。

（一九九八・五・一五　オスロ）

帰国して一ヵ月の書簡（一九九八・八・二九　仙台）に、オスロに滞在していたときに自分がそれまで聴き慣れていなかった「調性の無い音楽」に魅かれたという記述があるのは興味深い。それは一定の場所にいて同じ方向に流れていく時間に身をまかせるのではなく、時と時との間、サマータイムの「一時間」のように日常の切れ目にある「時差」に直面するという体験と重なり合う。そのとき空間に支配され抑圧されていた「時間」があらためて再発見される。「……無調の響きの中から、切れ切れに、ある旋律を為す以前の音が、しかも得心の表情さえ見せて浮かび上がってきたのでした」（同右）。異国での一年ほどの生活のなかで、作家は「切れ切れ」の「ある旋律を為す以前の音」を根底に聴くようにして、時間を恢復することでゆっくりと言葉の蘇生を果たす。八〇年代後半から九〇年代へ、経済バブルとポストモダンの狂騒と浮遊のなかで、私小説の「私」は屹ち、倒れ、一度解体され、さらに束ねられ生成される。

『遠くからの声』の書簡がやり取りされた一九九七年から九九年は、九二年のバブル経済の終焉が、その後の五年来の株価・地価の低迷、不良債権の増大が一挙に表面へと噴き上げるようにして、金融大破綻となった年である。戦後の高度成長を牽引した四大証券会社の一角が自主廃業し、アジアもタイ通貨の暴落から通貨危機が拡大する。オスロから帰国した佐伯氏への手紙（一九九八・一〇・一〇　東京）で、古井氏はこうした荒廃の世相が何をもたらしているのかを直言する。

……しかし言語はいまや欺瞞どころか、不全に瀕しております。(中略)時間が病んでいると、ある時、思いました。言語の不全は、時間の不全でもあるのではないか、と。(後略)

佐伯氏の作品はしかしそこからたっぷりとした時間を内包するものとして変容する。それは必然的に長編小説の新しいスタイルの形成となった。二〇〇四年に刊行された『鉄塔家族』であり、二〇〇七年の『ノルゲ』である。

『鉄塔家族』は、オスロから帰国後に住む故郷仙台の丘陵地の集合住宅が舞台となっており、古い鉄塔が取り壊され新しい鉄塔を建てる工事が始まる風景のなかに、時代の変化をこえた家族像を、不易なものとして映してみせる。描かれるのは、人間の暮らしの根にある時間そのものである。また『ノルゲ』は、往復書簡で語られたオスロでの一年間が、北欧の春夏秋冬の自然とノルウェーの歴史を背景に、意識と時間の壮大なタペストリーのように言葉で織りあげられている。前者は新聞連載であり、後者は文芸雑誌に六年に亘る連載であり、それぞれ文学賞も受賞して高い評価を受けた。

しかし、この新境地をひらいた長編は、ただ穏やかな日常性の時間の流れを描きとめただけではなく、『鉄塔家族』では主人公の病気や前妻のこと、また息子の家出などの危うさが潜んでいて、それは鉄塔から発せられる目には見えない電波のように密かに日常生活のなかへと入り込んで来る。この点を指摘したのは他ならぬ古井由吉である。

『遠くからの声』(一九九九年十月刊)にまとめられた往復書簡から十年後に行われた、両氏の対談「変わりゆく時代の「私(わたくし)」」(『すばる』二〇一〇年二月号掲載)で、古井氏は「『鉄塔家族』の「私」の核にあるのは、「今ここ」がはらんでいる、うっすらとした危機感なんですね。一見、周りの人と共感のある平穏な暮らしを営んでいるように見えるけれど、実はそんな暮らしが危ないところを常に踏んでいるというのが垣間見える」と発言している。

これは驚くべき予見である。この対談が実際に行われたのは二〇〇九年十一月十一日だが、それから一年数ヵ月後には東日本大震災が発生し、佐伯氏も仙台近郊で罹災する。『言葉の兆し』(二〇一二年七月刊)にまとめられる震災直後から一年に及ぶ両氏の往復書簡は、われわれの日常性の「今ここ」が孕んでいる「危機」が未曾有の事態(それは福島第一原発の人災とも言うべき事故を伴って)として現実化した状況への発言である。しかし、注意しなければならないのは、やはり「今ここ」という言葉である。大震災は、文字通り非常事態であり、日常生活はそこで破壊され停止する。それは予測をこえているがゆえにリスクではなくクライシスである。巨大な自然災害が世界的な気候変動で頻発する現在、科学はこのクライシスに対して可能な限りの予知を試みる。ビッグデータの解析、AIの技術などが最大限に動員され、予知の可能性を高める。

しかし小説家の予見は異なる。それは未来に（近くとも遠くとも）起こる出来事（危機）を見通して警鐘を鳴らすことではない。「今ここ」にある日常を凝視して、この現実の底に沈んでいる語りえないもの、その何かを表現してみせることだ。今一度、『マルテの手記』の言葉を引けばこうなるだろう。

> 僕はまずここで見ることから学んでゆくつもりだ。なんのせいか知らぬが、すべてのものが僕の心の底に深くしずんでゆく。ふだんそこが行きづまりになるところで決してとまらぬのだ。僕には僕の知らない奥底がある。すべてのものが、いまその知らない奥底へながれ落ちてゆく。そこでどんなことが起こるかは、僕にちっともわからない。
>
> （大山定一訳）

この「僕の知らない奥底」に降り立ち、そこに潜む「ちっともわからない」ものに言葉の光が差し込む瞬間がある。沈んでいたものがそこに露呈してくる。時間のなかで言語化されるとき、眼前で起っているこの現実の危機の相貌がはじめて明らかになる。

二〇一一年三月十一日という日附けが刻むその危機とは何か。古井氏はこう記す。

言葉は浮くものです。万をはるかに超える人命をたちまちに奪った大災害をとうてい担いきれるものでない。その重みをまともに抱えこんだら、言葉は深みに沈んだきり、おそらくながらく、浮かびあがっても来ない。その静まり返ったものを底に感じながら、人はもどかしく言葉をかわして生きるよりほかにない。

（二〇一一・七・一八）

作家はさらにこう問う。日本人は恐怖が「溶融」しかかっているのではないか、と。人知を超える巨きな力を前にしたとき、人は一斉に「ふるえおののき、すくみこみ、そして逃げまど」うはずであり、それは恐怖の本来であり、恐怖はそこで畏怖の感情を呼び覚ます。しかし、おそれとおののきの喪失は、言葉の力の喪失となる。

古井作品が初期から繰り返し描いてきたのが、自身が七歳のときの空襲体験である。昭和二十年五月二十四日未明の山手大空襲。三月十日の一夜の死者が十万人以上とされる凄惨な東京大空襲に続く、山手から郊外への広い地域での死傷者四千人といわれる空襲である。代表作『仮往生伝試文』（一九八九年刊）では、焼夷弾に焼き尽くされた死者たちが、往生することなく、その人々の影は戦後の経済成長期を生きてきた日本人の姿態に重なる。

一九九七年、この往復書簡が開始されたとき古井氏は『死者たちの言葉』と題し小説の雑誌連載（九八年四月に『夜明けの家』と改題され単行本刊）の途上にあった。九五年には阪神・淡路大震災があり、オウム真理教の地下鉄サリン事件が起こっているが、作家が描き出すのは、廃墟から復興へといわれてきた戦後半世紀余りの歳月が、実のところは大量生産と消費の、つくっては壊しの連続であり、人々はそこで生の実感を失ない、時間を喪失して死者のように彷徨っている、その光景であった。それは大空襲の大量殺戮とほとんど同じ「凄惨」な光景ではないのか。そのことの、おそれとおののきを、文学はいかにして言語と化すことができるのか。

世紀をこえて、言葉の杣道を登るように、古井氏は連作短編の形をとりながら『聖耳』『忿翁』『野川』『辻』『白暗淵』『やすらい花』『蜩の声』『鐘の渡り』『雨の裾』『ゆらぐ玉の緒』『この道』そして未完の遺作『われもまた天に』（二〇二〇年九月刊）へと、外側の二十年という現世の漂う時間は、作品の内なる濃密な言語＝時間へと置き換えられ点描され明晰な図を現わす。

……危機が予感されると、過去の厄災の痕跡を表層の下から掘り起こしたいという衝動に駆られるものではないでしょうか。みずからの現在の生存の、その由来をたずねようとして。過去の厄災に触れて、心身の免疫力を、更新させようとして。

（一九九九・二・八　東京）

「小説の恐ろしいのはね、後から見ればどこかで預言のようなことをしているところにあるんです」（ロングインタビュー「しぶとく生き残った末裔として」『すばる』二〇一五年九月号）と古井氏は語ったことがあったが、この往復書簡のなかには、あるいは小説作品よりも、断片的であるがゆえに閃光のような、作家自身の肉声がひとつの預言として表出されていると思われる。

『言葉の兆し』の最後の手紙は、二〇一二年三月二十日の佐伯氏のものだが、大震災から一年余りの「時」に対面して、作家はこう書く。

今年の三月十一日も小雪がちらつく寒い日となりました。旧暦では二月十九日となるので、夜のテレビ報道を視(み)ながら寝待月(ねまちづき)を待ちましたが、昨年のように夜半になって晴れ渡ることはなく無月でした。震災の夜に上った七夜の月が、一年を経て巡って

きたのは二月二十八日の夕で、この日こそ一年の後と思い定めて月を待ちましたが、
雪が降りしきり心の月を眺めることとなりました。

後に『空にみずうみ』（二〇一五年九月刊）で佐伯氏は震災後の日常身辺を描いているが、「あの日」より三年目の六月からの約一年間が作中の時間となっている。作品の最終章では、四年前の三月十一日が旧暦の月の光のなかに同化される。「今ここ」の空間から解き放たれ、「あの日」の停止した時間は、この「時差」のなかで流れはじめる。

月の暦では二月七日となるその日は、四年前のあの日と同じ月が上る。昨年は閏月があったので、今年はいつもよりも少し遅くなった。二日前には雪が降り、寝床で聞いた水琴窟の音で雨に変わったことを知った。

（『空にみずうみ』）

深い「時」の相がここに確かに描き出されている。してみれば、この往復書簡集は、現代日本を代表するふたりの作家が作り出した、稀有なる言葉の魔術的共同体といってもいいであろう。

本書は『遠くからの声―往復書簡―』（一九九九年一〇月、新潮社）と『往復書簡　言葉の兆し』（二〇一二年七月、朝日新聞出版）を底本とし、合本、改題したものです。明らかな誤記、誤植は正しましたが、原則として底本に従いました。

往復書簡(おうふくしょかん)『遠(とお)くからの声(こえ)』『言葉(ことば)の兆(きざ)し』
古井由吉(ふるいよしきち)
佐伯一麦(さえきかずみ)

二〇二一年一二月一〇日第一刷発行

発行者——鈴木章一
発行所——株式会社 講談社
東京都文京区音羽2・12・21 〒112-8001
電話 編集 (03) 5395・3513
販売 (03) 5395・5817
業務 (03) 5395・3615

デザイン——菊地信義
印刷——豊国印刷株式会社
製本——株式会社国宝社
本文データ制作——講談社デジタル製作

講談社
文芸文庫

ISBN978-4-06-526358-7

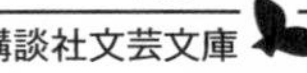

講談社文芸文庫

丸谷才一	忠臣蔵とは何か	野口武彦——解
丸谷才一	横しぐれ	池内 紀——解
丸谷才一	たった一人の反乱	三浦雅士——解／編集部——年
丸谷才一	日本文学史早わかり	大岡 信——解／編集部——年
丸谷才一編	丸谷才一編・花柳小説傑作選	杉本秀太郎-解
丸谷才一	恋と日本文学と本居宣長｜女の救はれ	張 競——解／編集部——年
丸谷才一	七十句｜八十八句	編集部——年
丸山健二	夏の流れ 丸山健二初期作品集	茂木健一郎-解／佐藤清文——年
三浦哲郎	野	秋山 駿——解／栗坪良樹——案
三木清	読書と人生	鷲田清一——解／柿谷浩一——年
三木清	三木清教養論集 大澤聡編	大澤 聡——解／柿谷浩一——年
三木清	三木清大学論集 大澤聡編	大澤 聡——解／柿谷浩一——年
三木清	三木清文芸批評集 大澤聡編	大澤 聡——解／柿谷浩一——年
三木卓	震える舌	石黒達昌——解／若杉美智子-年
三木卓	K	永田和宏——解／若杉美智子-年
水上勉	才市｜蓑笠の人	川村 湊——解／祖田浩一——案
水原秋櫻子	高濱虚子 並に周囲の作者達	秋尾 敏——解／編集部——年
道籏泰三編	昭和期デカダン短篇集	道籏泰三——解
宮本徳蔵	力士漂泊 相撲のアルケオロジー	坪内祐三——解／著者——年
三好達治	測量船	北川 透——人／安藤靖彦——年
三好達治	諷詠十二月	高橋順子——解／安藤靖彦——年
村山槐多	槐多の歌へる 村山槐多詩文集 酒井忠康編	酒井忠康——解／酒井忠康——年
室生犀星	蜜のあわれ｜われはうたえどもやぶれかぶれ	久保忠夫——解／本多 浩——案
室生犀星	加賀金沢｜故郷を辞す	星野晃一——人／星野晃一——年
室生犀星	深夜の人｜結婚者の手記	髙瀨真理子-解／星野晃一——年
室生犀星	かげろうの日記遺文	佐々木幹郎-解／星野晃一——解
室生犀星	我が愛する詩人の伝記	鹿島 茂——解／星野晃一——年
森敦	われ逝くもののごとく	川村二郎——解／富岡幸一郎-案
森茉莉	父の帽子	小島千加子-人／小島千加子-年
森茉莉	贅沢貧乏	小島千加子-人／小島千加子-年
森茉莉	薔薇くい姫｜枯葉の寝床	小島千加子-解／小島千加子-年
安岡章太郎	走れトマホーク	佐伯彰一——解／鳥居邦朗——案
安岡章太郎	ガラスの靴｜悪い仲間	加藤典洋——解／勝又 浩——案
安岡章太郎	幕が下りてから	秋山 駿——解／紅野敏郎——案

▶解=解説 案=作家案内 人=人と作品 年=年譜を示す。 2021年12月現在

講談社文芸文庫

福永武彦	死の島 上・下	富岡幸一郎-解／曾根博義——年
藤枝静男	悲しいだけ｜欣求浄土	川西政明——解／保昌正夫——案
藤枝静男	田紳有楽｜空気頭	川西政明——解／勝又 浩——案
藤枝静男	藤枝静男随筆集	堀江敏幸——解／津久井 隆——年
藤枝静男	愛国者たち	清水良典——解／津久井 隆——年
藤澤清造	狼の吐息｜愛憎一念 藤澤清造 負の小説集	西村賢太——解／西村賢太——年
藤田嗣治	腕一本｜巴里の横顔 藤田嗣治エッセイ選 近藤史人編	近藤史人——解／近藤史人——年
舟橋聖一	芸者小夏	松家仁之——解／久米 勲——年
古井由吉	雪の下の蟹｜男たちの円居	平出 隆——解／紅野謙介——案
古井由吉	古井由吉自選短篇集 木犀の日	大杉重男——解／著者——年
古井由吉	槿	松浦寿輝——解／著者——年
古井由吉	山躁賦	堀江敏幸——解／著者——年
古井由吉	聖耳	佐伯一麦——解／著者——年
古井由吉	仮往生伝試文	佐々木 中——解／著者——年
古井由吉	白暗淵	阿部公彦——解／著者——年
古井由吉	蜩の声	蜂飼 耳——解／著者——年
古井由吉	詩への小路 ドゥイノの悲歌	平出 隆——解／著者——年
古井由吉	野川	佐伯一麦——解／著者——年
古井由吉	東京物語考	松浦寿輝——解／著者——年
古井由吉 佐伯一麦	往復書簡『遠くからの声』『言葉の兆し』	富岡幸一郎-解
北條民雄	北條民雄 小説随筆書簡集	若松英輔——解／計盛達也——年
堀江敏幸	子午線を求めて	野崎 歓——解／著者——年
堀口大學	月下の一群（翻訳）	窪田般彌——解／柳沢通博——年
正宗白鳥	何処へ｜入江のほとり	千石英世——解／中島河太郎-年
正宗白鳥	白鳥随筆 坪内祐三選	坪内祐三——解／中島河太郎-年
正宗白鳥	白鳥評論 坪内祐三選	坪内祐三——解
町田康	残響 中原中也の詩によせる言葉	日和聡子——解／吉田凞生・著者-年
松浦寿輝	青天有月 エセー	三浦雅士——解／著者——年
松浦寿輝	幽｜花腐し	三浦雅士——解／著者——年
松岡正剛	外は、良寛。	水原紫苑——解／太田香保——年
松下竜一	豆腐屋の四季 ある青春の記録	小嵐九八郎-解／新木安利他-年
松下竜一	ルイズ 父に貰いし名は	鎌田 慧——解／新木安利他-年
松下竜一	底ぬけビンボー暮らし	松田哲夫——解／新木安利他-年

講談社文芸文庫

古井由吉

東京物語考

解説＝松浦寿輝　年譜＝著者、編集部

徳田秋聲、正宗白鳥、葛西善藏、宇野浩二、嘉村礒多、永井荷風、谷崎潤一郎ら先人たちが描いた「東京物語」の系譜を訪ね、現代人の出自をたどる名篇エッセイ。

ふA13
978-4-06-523134-0

古井由吉／佐伯一麦

往復書簡

『遠くからの声』『言葉の兆し』

解説＝富岡幸一郎

二十世紀末、時代の相について語り合った二人の作家が、東日本大震災後にふたたび歴史、自然、記憶をめぐって言葉を交わす。魔術的とさえいえる書簡のやりとり。

ふA14
978-4-06-526358-7